GIANLUCA ARRIGHI

IL CONFINE DELL'OMBRA

CentoAutori

Arrighi, Gianluca
IL CONFINE DELL'OMBRA
pp. 224; 20 cm.
ISBN 978-88-6872-116-9

Prima edizione aprile 2017

Collana L'Arcobaleno
diretta da Carmine Treanni

Grafica, copertina e impaginazione
Davide De Marco

80010 Villaricca (Na), Via Antonio Genovesi, 5
Sito: www.centoautori.it

A Giorgia,
la mia amica del cuore.

PARTE PRIMA

*"Io credo che alla gente piacciano i thriller non perché
ci sono i morti ammazzati, né perché vi si celebra
il trionfo dell'ordine finale sul disordine della colpa.
È che il romanzo poliziesco rappresenta una storia
di congettura, allo stato puro.
Ma anche una diagnosi medica, una ricerca scientifica.
In fondo la domanda base della filosofia
(come quella della psicoanalisi) è la stessa
del romanzo poliziesco: di chi è la colpa?
Per saperlo (per credere di saperlo) bisogna congetturare
che tutti i fatti abbiano una logica, la logica
che ha imposto loro il colpevole".*

(Umberto Eco)

1

Padre Gordiano Martini era seduto accanto al leggio, sulla destra dell'altare.

Il sagrestano aveva sistemato il microfono alla giusta altezza, in modo che potesse rivolgersi ai fedeli anche dalla carrozzina sulla quale era inchiodato ormai da due anni.

L'artrosi deformante gli procurava dolori atroci, ma lui, con grande fede e dedizione, riusciva ancora a celebrare la messa.

Quando pronunciò le ultime parole della preghiera che seguiva la comunione, rimase un attimo in silenzio, con gli occhi rivolti verso il basso.

Quindi rialzò la testa e osservò la chiesa gremita di gente.

I suoi ragazzi, la maggior parte erano adolescenti, stavano seduti nei primi banchi.

La chiesa di Sant'Andrea sorgeva al centro di un quartiere "difficile" nella periferia di Roma e vedere quelle giovani anime che assistevano alla celebrazione domenicale era già un grande risultato per la sua attività di parroco.

«La messa è finita, andate in pace», disse con un tono che sembrava quello di un confidente e non di un predicatore.

Subito dopo i chierichetti scortarono il sacerdote mentre scendeva con la sedia a rotelle dalla pedana posizionata sui gradini dell'altare.

Padre Martini, al termine della funzione, scambiava sempre qualche parola con i fedeli, per ascoltare le loro storie o discutere le nuove iniziative parrocchiali.

Un poco alla volta, i gruppi si sciolsero e tutti ritornarono verso le loro macchine e le loro case.

Dopo dieci minuti la chiesa era deserta e il sagrestano accompagnò padre Martini nel suo alloggio, un monolocale proprio accanto alla canonica.

L'arredamento era composto da mobili di poco pregio recuperati dove capitava. I muri erano bianchi e le pareti spoglie, a eccezione del crocefisso sopra il letto.

Alle sette di sera, in quella fredda domenica di gennaio, dai vetri dell'unica finestra filtrava solamente il buio.

Il sagrestano se ne andò.

Alle venti in punto, come ogni giorno, sarebbe tornato per portare la cena.

Con un lento movimento e nonostante le dita devastate dall'artrosi, l'anziano parroco prese il telecomando per accendere la televisione e guardare il notiziario.

In quell'istante saltò la luce.

Padre Martini rimase tranquillo, sicuro che fosse soltanto un calo di tensione o un guasto elettrico momentaneo.

Con la mano attivò il joystick posizionato sul bracciolo della carrozzina, tentando di spostarsi in direzione del tavolo su cui era poggiato il telefono cellulare.

La sedia a rotelle non si mosse.

Qualcosa la bloccava.

Il sacerdote riprovò più volte, ma invano.

Trascorse circa un minuto e gli occhi del parroco iniziarono ad abituarsi all'oscurità.

La sagoma di un uomo apparve, immobile, davanti a lui.

Padre Martini provò a scorgerne il viso, senza riuscirci.

Cominciò ad avere paura.

Capì che era quell'uomo, forse con un piede, a tenere ferma la carrozzina.

«Chi sei?», domandò, impietrito.

Non ottenne alcuna risposta.

L'uomo afferrò la testa del prelato e gli infilò uno straccio nella bocca.

Il sacerdote avrebbe voluto gridare e chiedere aiuto, ma dalla gola fuoriuscivano soltanto impercettibili suoni gutturali.

Iniziò ad agitarsi in modo convulso.

Le ossa deformate rendevano le sue movenze simili a quelle di una marionetta impazzita.

L'aggressore cercò di farlo stare fermo.

Non si aspettava una reazione tanto vigorosa da una persona inferma e così avanti negli anni.

Il parroco, con un ultimo sussulto, riuscì persino a graffiarlo in volto.

Questo lo fece imbestialire.

Agguantò le braccia del prelato e lo scosse violentemente, procurandogli un dolore lancinante che dalla colonna vertebrale si estese ad ogni singola articolazione.

Poi l'aggressore ritrovò la calma, fece due passi indietro e prese la tanica di benzina che aveva portato con sé.

Tolse il tappo e versò il liquido addosso al sacerdote.

Un odore pungente e oleoso iniziò a spandersi per la stanza.

Padre Martini era paralizzato e sofferente.

Iniziò a piangere, rivolgendo le sue preghiere a Dio, che il quel momento sembrava essersi dimenticato di lui.

L'aggressore, mentre rovesciava il combustibile, provava un sottile piacere nell'immaginare che le lacrime del prete non fossero causate solo dai vapori della benzina.

Con il residuo del propellente contenuto nella tanica segnò sul pavimento una striscia che arrivava fino alla porta.

Mise la mano in tasca e ne estrasse uno Zippo.

«Il diluvio di fiamme ti conceda il perdono, il riposo e la speranza» disse con voce altisonante.

Fece scattare l'accendino e con un gesto plateale aprì la mano.

Lo Zippo cadde a terra.

Un luminoso sbuffo caldo squarciò il buio che saturava la stanza.

Subito dopo una lingua di fuoco avanzò sul pavimento e danzò fino a inghiottire il sacerdote e la sua carrozzina.

L'aggressore rimase a guardare finché nell'aria non si sparse l'odore acre della carne bruciata.

L'ultima cosa che vide padre Gordiano Martini, parroco della chiesa di Sant'Andrea, fu il viso mostruoso del suo assassino illuminato dalle fiamme dell'inferno.

2

L'uomo che l'Unità per l'Analisi del Crimine Violento aveva ribattezzato *Orco* era rientrato in casa.

Silenzioso e solo, come sempre.

La giornata era stata faticosa, ma proficua.

Adesso stava lavorando alla macchina per cucire.

Pigiava sul pedale in modo ritmico, quasi ossessivo, mentre una lampada al neon gli proiettava sul viso un fascio di luce bianca.

Era stanco, sbadigliava, ma il tempo per riposare sarebbe venuto dopo.

Le sue mani spingevano la fettuccia di tessuto verso il piedino metallico che progressivamente applicava i punti.

Doveva venire perfetta.

Il materiale era resistente, ma non indistruttibile.

E il prete l'aveva strappato.

Il pensiero era stato un chiodo fisso per tutto il viaggio.

Prima di rimettere la maschera nello zaino aveva

tentato, senza successo, di sistemare il lembo arricciato.

Allora, innervosito, si era imposto di non pensarci.

Nella mente continuava però a vedere quel piccolo lembo di tessuto sollevato che deturpava le fattezze della sua maschera.

Aveva guidato senza fretta, non superando mai i cinquanta chilometri all'ora.

Una macchina dietro di lui aveva suonato lungamente il clacson e poi lo aveva sorpassato, lanciandogli un'occhiataccia.

Lui non ci aveva neppure fatto caso.

Il pensiero di quel lembo fuori posto lo disturbava al punto tale che in più occasioni stava per accostare l'auto, scendere, aprire il bagagliaio e provare di nuovo a sistemarlo.

Aveva resistito all'impulso.

Sapeva che era una sciocchezza e che presto sarebbe stato a casa.

Una volta chiusa la porta alle sue spalle, *Orco* aveva portato la maschera nella camera del cucito.

Doveva occuparsene subito.

La stanza era disadorna, con le pareti nude e dipinte di grigio.

Utilizzava una vecchia Singer dei primi del '900 che funzionava ancora perfettamente. Cuciva in avanti e a ritroso, poteva applicare cerniere e imbastiture elastiche.

Andava solo usata con cura, lubrificata e mantenuta pulita.

Con le dovute attenzioni, le cose durano una vita.

Come le maschere.

Il piede di *Orco* si fermò.

Il volano rallentò fino ad arrestarsi.

Lui si chinò sull'indumento per ammirarlo da vicino.

Ecco, niente più strappi.

Si rilassò contro lo schienale e incrociò le mani dietro alla nuca.

Tirò i muscoli del collo, a destra e a sinistra.

La tensione si stava allentando.

Sorrise.

Ottimo lavoro.

Prese sul tavolo il panno e il flacone di liquido disinfettante.

Con cura e delicatezza ripulì la maschera.

Poi si alzò, andò nella camera da letto e tolse la maglia nera che indossava.

Continuò a spogliarsi fino a rimanere nudo.

Infilò il suo corpo fra le lenzuola, poggiò la testa sul cuscino e rimase disteso sulla schiena.

Osservò il soffitto bianco, che per lui era pieno di immagini e di specchi.

Le immagini erano quelle che lo tormentavano da anni.

Gli specchi erano quelli della realtà e della memoria, dove continuava a vedere riflesso il suo volto.

Nonostante tutto era riuscito comprendere il significato di tanta sofferenza. Ma la consapevolezza esigeva un prezzo molto alto e per lui, adesso, il mondo non andava oltre il confine della sua ombra.

Ciò che era accaduto ormai apparteneva alla storia.

Respirò a pieni polmoni.

Era esausto.

Spense la luce, ma il suo buio, come sempre, era interrotto da esplosioni di luci, suoni e sensazioni talmente forti e intense da farlo sussultare.

Poi, finalmente, la stanchezza ebbe la meglio.

L'uomo che l'Unità per l'Analisi del Crimine Violento aveva ribattezzato *Orco* cadde in un sonno profondo e senza sogni.

Proprio come quello dei morti.

3

Il filmato terminò e nessuno dei presenti aprì bocca.

Un silenzio innaturale saturava la stanza.

Pietro Tolfa guardò uno per uno i volti delle persone che si trovavano davanti a lui.

Poco prima erano tutti esaltati e gratificati per il fatto di essere stati convocati dalla leggendaria UACV, l'Unità per l'Analisi del Crimine Violento.

Sembrava una riunione di carbonari.

Non erano semplici poliziotti o agenti della scientifica, ma alcuni fra i migliori investigatori italiani.

«Quella che avete appena visto è opera di *Orco*», spiegò Tolfa. «Si tratta di uno psicopatico che ha ucciso cinque persone negli ultimi sette anni.»

Il mostro aveva iniziato a operare, pensò Tolfa, quando i più giovani in quella stanza si erano appena diplomati alla Scuola Superiore di Polizia.

Poi continuò.

«*Orco* è un assassino metodico, preciso, paziente. Prende tempo tra una vittima e l'altra, dedicando particolare attenzione ai preparativi. Noi, sino ad oggi, non siamo mai riusciti a intervenire prima che colpisse.»

Tolfa osservò la sala.

Tutti erano intenti ad ascoltare, ma lui sapeva benissimo che stavano ancora pensando al filmato che avevano visto poco prima.

L'UACV era nata nel 1994 su proposta dell'ex capo della Polizia di Stato Giovanni De Gennaro, che in quegli anni si trovava al vertice della Direzione centrale della polizia criminale. L'obiettivo era quello di supportare le strutture investigative e l'autorità giudiziaria nei casi di omicidi particolarmente efferati.

L'Unità disponeva di un sistema informativo relazionale che raccoglieva i dati acquisiti dagli agenti della scientifica in servizio presso i vari uffici territoriali. Nel sistema confluivano le risultanze dei sopralluoghi, degli esami di laboratorio, delle analisi sui i reperti e tutto ciò che riguardava le scene dei crimini. Erano infine registrati, catalogati e confrontati tutti gli omicidi seriali.

Ogni agente o funzionario della Polizia di Stato poteva interpellare la UACV o accedere al sistema informativo relazionale, ma nessun commissariato o ufficio territoriale era attrezzato per gestire certi casi.

Era a quel punto che l'indagine veniva affidata alla UACV.

Tolfa sapeva meglio di chiunque altro come il logoramento emotivo fosse di casa nell'Unità. Spesso gli agenti non resistevano.

Lui stesso, all'inizio, non ce l'aveva fatta.

Il passaggio fondamentale e più difficile per risolvere gli omicidi seriali era entrare nella mente del killer. Bisognava pensare come lui e tentare di provare le stesse emozioni che provava l'assassino mentre uccideva.

L'UACV si muoveva quasi sempre in segretezza e assoluta libertà, fuori dai radar dell'opinione pubblica. Gli agenti e i funzionari dell'Unità investigavano su crimini atroci e collegavano tra loro vicende di sangue che nessuno metteva in relazione o di cui nessuno aveva mai sentito parlare. Gli omicidi assegnati alla UACV rappresentavano il limite oltre il quale le persone comuni non osavano immaginare potesse spingersi la crudeltà dell'essere umano.

Nonostante Tolfa fosse un ottimo poliziotto, la pressione e lo stress psicologico l'avevano portato, dopo appena tre anni, ad abbandonare l'Unità e a chiedere il trasferimento presso la sezione di polizia giudiziaria della Procura di Roma.

Nessuno, tuttavia, sapeva o immaginava che quel trasferimento fosse dovuto ad una crisi personale.

Il lavoro in Procura, come braccio destro di un magistrato inquirente, rappresentava per tutti, colleghi e superiori, solo un ordinario avanzamento di carriera. Secondo molti, anzi, la giudiziaria avrebbe potuto esaltare ancor di più le qualità investigative di Pietro Tolfa.

Poi, quando già da qualche tempo lavorava nella Procura capitolina, arrivò la maledetta estate del 2012.

L'Italia intera rimase sconvolta dai fatti di sangue che avvennero a Roma tra giugno e luglio di quell'anno.

Fu proprio lui, durante un conflitto a fuoco, a porre fine a quella serie di inquietanti omicidi e ad uccidere quello che la stampa aveva ormai soprannominato il killer degli organi.

Terminata l'indagine, per cui ricevette encomi e riconoscimenti dalle più alte cariche dello Stato, l'ispettore Tolfa capì che il suo posto non poteva essere nella polizia giudiziaria.

Non era quella la sua missione.

Dopo i fatti di Roma, comprese che doveva riprendere da dove aveva lasciato.

Superò un concorso interno, venne promosso commissario e diventò il più giovane direttore che l'Unità di Analisi del Crimine Violento della Polizia di Stato avesse mai avuto.

4

Al commissario Tolfa non era mai piaciuta la sala operativa della UACV.

Sembrava un'aula scolastica, lunga, rettangolare e con i banchi ricoperti di formica verde.

Lui si trovava in fondo alla stanza, davanti ad un grande schermo.

La posizione lo faceva sembrare un professore di fronte ai propri studenti.

A quarantadue anni sapeva da tempo il fatto suo. Non era un politico sindacalizzato, ma un vero poliziotto. Uno che si era guadagnato i gradi e gli incarichi con i risultati sul campo e non con le pubbliche relazioni. Vantava già un'esperienza ultra ventennale nella Polizia di Stato e, sebbene avesse a che fare ogni giorno con crimini orrendi, riusciva a tenere separata la vita privata da quella professionale.

Staccare la spina, quello era il segreto. E in questo lo aiutavano una splendida moglie e quattro bellissimi figli. Li amava così tanto che talvolta l'enormità di quel sentimento rischiava quasi di farlo esplodere, perché impossibile da contenere. Avrebbe smosso un esercito per loro.

Si schiarì la voce.

«*Orco* è un assassino che non rientra in nessuna delle categorie nelle quali tradizionalmente classifichiamo i serial killers. Il suo modus operandi è diversificato e non lascia mai una firma precisa. Uccide indifferentemente uomini e donne. Utilizza sia armi da sparo che armi bianche, in una occasione ha anche dato fuoco alla sua vittima.»

Quelle frasi pronunciate con tono serio e competente catturarono l'attenzione dei presenti.

Gli agenti convocati per quella riunione conoscevano a memoria la classificazione e la descrizione degli assassini seriali stilata nel 1985 da Ronald Holmes e James De Burger. I due criminologi suddividevano i killers in "allucinati", ossia soggetti psicotici che hanno perso il contatto con la realtà e agiscono sotto l'impulso di voci o visioni; i "missionari", che uccidono chi, a loro giudizio, non è degno di vivere; infine gli "edonisti", che uccidono per raggiungere il piacere, di tipo sessuale, oppure derivante dall'adrenalina scatenata dall'atto omicidiario.

Ma nel corso degli anni la psicologia criminale si era imbattuta in assassini così anomali da dover aggiungere una nuova categoria: quella dei killers "dominatori", la cui gratifica consiste nell'umiliare, squartare e sezionare le vittime. Sono i più pericolosi perché, mossi da un incredibile delirio di onnipotenza, non si fermano finché non vengono uccisi oppure arrestati.

Per la maggior parte dei giovani agenti nella stanza, questi cosiddetti assassini "dominatori" erano solo pura teoria. A stento se ne trovava traccia nei manuali.

Tolfa rimase un attimo in silenzio affinché ciò che aveva appena detto si fissasse nelle loro menti; quindi proseguì.

«Come sapete in Italia abbiamo qualche decina di serial killers ancora in attività. Ricorderete il killer di Asti, che ha ucciso quattro prostitute, oppure il mostro della strada statale dieci, in Piemonte, che ne ha uccise due. E ancora, l'assassino delle nigeriane, che uccide solo prostitute africane oppure il killer dei pensionati che ha già mietuto cinque vittime nel centro Italia. C'è poi il mostro di Udine, a cui sono state attribuiti ben sedici omicidi, tra il 1971 e il 1991. L'elenco, come sapete, è ancora lungo. *Orco* tuttavia ha un'intelligenza superiore e non ha mai lasciato sui luoghi dei delitti prove materiali di alcun genere.»

Questo scatenò la reazione che Tolfa voleva: scetticismo. Dopotutto, le prove materiali erano il loro pane quotidiano, le fondamenta della loro vita professionale.

Un giovane agente – di Firenze, pensava Tolfa – chiese la parola e intervenne.

«Neppure una traccia in sette anni? Com'è possibile?»

«Pensiamo che *Orco* conosca bene quali sono i rilevamenti forensi e riesca ad eluderli.»

«Eluderli?» ripeté Firenze. «In ogni caso ci devono pur essere tracce di...»

«Niente» disse Tolfa. «Ogni volta che si presenta un caso attribuibile a *Orco* ci precipitiamo sul luogo del delitto e raccogliamo tutto ciò che è repertabile. Non siamo ancora riusciti a trovare una sola traccia utile alle indagini.»

Un altro agente alzò la mano e domandò: «Come viene ricollegato alle sue vittime se non lascia nessuna traccia? Non è che qualcuno si è inventato questo fantomatico *Orco* per archiviare i casi irrisolti?»

«Ottima osservazione, ma purtroppo non è così. Noi siamo al corrente delle attività di *Orco* perché è lui a raccontarcele, spesso deridendoci. E ogni tanto ci spedisce delle prove.»

«È fiero di ciò che fa. Esibisce il suo operato», suggerì l'investigatore di Firenze.

«Esatto, ma contrariamente ad altri assassini seriali, *Orco* non cerca l'attenzione dei media. Si accontenta di comunicare con noi.»

«*Orco*», ripeté un agente della scientifica di Milano. C'era del sarcasmo nella sua voce. «Perché l'UACV l'ha chiamato così?»

«Il nome deriva dal suo primo omicidio», disse Tolfa, accigliato. «All'epoca si stava ancora evolvendo e lo eccitavano le scene del crimine insolite. Come ad esempio, l'ascensore di un affollato centro commerciale.»

Tutti gli occhi erano puntati su di lui, adesso. Come bambini in attesa della favola della buona notte.

«La mamma entra in ascensore», proseguì Tolfa, «tenendo per mano la figlioletta. La bambina, cinque anni, è contenta. Adora il centro commerciale, le luci, le vetrine, la musica in filodiffusione, i negozi di giocattoli. La cabina arriva al piano e si ferma. Le porte, però, non si aprono. Alcuni clienti che attendono l'ascensore sentono urlare. Sono grida spaventose, cariche di strazio e sofferenza. Viene subito allertato un commesso, che accorre in fretta. Le urla diventano angoscianti, ma nessuno sa bene cosa fare. Due clienti tentano di aprire le porte dell'ascensore, senza riuscirci. Intervengono allora alcuni operai e utilizzano un'asta di metallo come leva. Riescono solo a divaricare un poco le porte, senza aprirle del tutto. Le urla sono cessate. Attraverso la fessura si può vedere la bambina, seduta per terra, ricoperta di sangue. Nel frattempo arriva anche il direttore, che sembra impazzito; ordina che tutte le uscite vengano bloccate. Evidentemente l'autore di quello scempio si trova ancora all'interno del centro commerciale. Viene chiamata la polizia.»

Tolfa si interruppe e respirò profondamente.

Quindi continuò.

«La madre era stata dilaniata. Brandelli di interiora erano sparsi sulle pareti dell'ascensore. La bambina, invece, non era stata neppure sfiorata. Aveva visto tutto. È l'unica persona ad aver visto *Orco* e ad essere rimasta in vita. È stata interrogata e le è stato chiesto di descrivere l'uomo dentro all'ascensore. Tutto quello che riusciva a dire era *l'orco, è stato l'orco*.»

Tolfa si passò le mani sulle tempie, con un piccolo massaggio circolare.

«Questa è la ragione del nome che gli abbiamo dato.»

Dopo qualche istante fu di nuovo Firenze a prendere la parola.

«Ma se i dipendenti sorvegliavano le uscite, come ha potuto l'assassino andarsene senza essere visto da nessuno?»

«Non se n'è andato.»

L'attenzione su ciò che stava per dire Tolfa era massima.

«Abbiamo scoperto che si era nascosto lì dalla notte precedente. Probabilmente si è introdotto nella tromba dell'ascensore prima dell'ora di chiusura. È rimasto rintanato lì per quasi ventiquattro ore, immobile. Poi, al momento di agire, si è calato dalla botola posizionata sulla sommità del vano dell'ascensore. L'aggressione alla donna è avvenuta alle cinque del pomeriggio.»

«D'accordo, ma non ci ha ancora detto come è uscito», incalzò Firenze.

«Non è uscito.»

Per un attimo sembrò che Tolfa dovesse ricordare a se stesso come ciò che stava raccontando fosse accaduto realmente.

«Almeno non subito dopo l'omicidio. Lo so, è pazzesco. Crediamo che abbia atteso un giorno prima di andarsene. È ripassato attraverso la botola e si è rannicchiato da qualche parte all'interno del cunicolo dove scorre l'ascensore. L'unica ragione per cui ne siamo a conoscenza è perché lui ci ha spedito una lettera in cui ha spiegato ogni cosa.»

Gli agenti della scientifica seduti nella sala operativa della UACV erano disorientati.

«Ieri mattina abbiamo ricevuto un nuovo messaggio di *Orco*.»

5

Il messaggio era stato recapitato all'UACV via email, insieme al video che Tolfa aveva proiettato pochi minuti prima.

Tutti i tentativi per risalire al mittente anonimo erano falliti.

Il messaggio conteneva le solite frasi di scherno nei confronti della Polizia. Questa volta, tuttavia, *Orco* aveva fatto una richiesta ben precisa.

Il filmato era senza audio: mostrava il brutale sgozzamento di una donna bionda, sui quarant'anni, ripresa in primo piano, legata, imbavagliata e di cui ancora non era stata denunciata la scomparsa. Nel video si vedevano anche le mani dell'assassino, fasciate da guanti neri, che laceravano il collo della donna con un coltello.

Orco inviava messaggi e filmati per raccontare la sua storia.

Probabilmente avevano anche un significato preciso, ma nessuno all'UACV sapeva quale.

Ciò che emergeva era solo la sua provocazione alle forze dell'ordine.

In ogni caso, sino ad allora, non aveva mai fatto alcun tipo di richiesta.

«Il filmato che avete appena visto ci conferma che, dopo circa un anno di inattività, questo bastardo si è rimesso all'opera.»

Ciò che Tolfa non poteva confessare agli agenti era che l'onda d'urto del ritorno di *Orco* avesse già raggiunto i piani alti. Nel giro di poche ore il ministro dell'Interno in persona aveva fatto pressioni sulla UACV affinché risolvesse il caso una volta per tutte.

Tolfa era seccato da quella presa di posizione. Certo, l'allarme sociale era alto e l'idea che un mostro simile fosse ancora a piede libero non consentiva di allentare la presa. Tuttavia *Orco* uccideva da molto tempo e quell'ultimo omicidio non giustificava, a suo avviso, l'offerta che lui era stato autorizzato a fare agli agenti riuniti in quella stanza.

Quello era il motivo della misteriosa riunione.

«Voi siete i migliori investigatori scientifici in Italia. Dalle alte sfere ci arriva un monito che non possiamo ignorare. Quindi, ecco l'offerta: neutralizzate questo mostro e riceverete una serie di promozioni che vi garantiranno in breve tempo il massimo dello stipendio. Un punto di svolta per la vostra carriera. Portatemi questo figlio di puttana e avrete quello che meritate.»

Fece una pausa affinché tutti potessero mettere a fuoco le sue parole.

«Allora, chi accetta?»

Un silenzio gelido calò nuovamente all'interno della sala. Gli agenti sembravano ancora frastornati dal filmato della morte in diretta che avevano appena visto e dal discorso del direttore della UACV.

Quando erano stati convocati per quella riunione avevano cominciato a parlottare tra loro, forse era persino uscito fuori il nome di *Orco*. Era infatti del tutto plausibile che i loro colleghi o superiori avessero partecipato alle precedenti indagini per catturarlo. I prospettati avanzamenti di carriera, tuttavia, non potevano avere una grande forza convincente. In caso di insuccesso, infatti, la mancata cattura di *Orco* avrebbe avuto certamente un effetto boomerang.

Così, alla fine, successe ciò che Tolfa sapeva sarebbe accaduto sin dal momento in cui il ministro dell'Interno gli aveva ordinato di fare la proposta. Non si fece avanti nessuno.

Tolfa avrebbe voluto rimproverarli, chiedere loro perché avevano scelto quella professione se non volevano svolgerla davvero.

Ma non sarebbe servito a nulla.

In fin dei conti, lui stesso riteneva sconsiderata quell'offerta.

Orco era un assassino spietato, tra i più feroci nella storia italiana dei serial killers.

Avevano paura di morire, di fallire, di prendersi una responsabilità che alla fine si sarebbe rivelata pericolosa, troppo anche per loro.

A Tolfa, adesso, non rimaneva che prendere in considerazione la richiesta precisa che *Orco* aveva fatto nel suo messaggio.

D'altra parte, a cosa sarebbe servito convincere tutte quelle persone quando invece *Orco* ne voleva soltanto una.

L'unica che non poteva avere.

A meno che…

6

La mattina presto, in barca, Elia Preziosi riusciva a perdersi nei suoi pensieri senza doversi giustificare.

Mentre attendeva che i pesci abboccassero, si lasciava cullare dalle onde a bordo del suo piccolo cabinato.

Erano momenti in cui gli sembrava di poter abbandonare le ansie e i ricordi, mentre ammirava lo scintillio dei raggi fra le onde che s'increspavano.

Nient'altro che lui, il mare e la musica del vento.

Ma l'idillio in genere durava poco.

D'un tratto ombre procellose affioravano dalle profondità, rievocando un passato che Elia avrebbe voluto rimanesse ancorato per sempre in fondo alle acque.

Allora i battiti del cuore acceleravano, il respiro si faceva affannoso e un dolore acuto si diramava dalla bocca dello stomaco fino all'esofago.

C'era stato un tempo in cui la vita sembrava il più bel dono che si potesse ricevere. Un tempo in cui era stato un uomo di successo, un giurista stimato e apprezzato da tutti i suoi colleghi.

Poi, a Roma, iniziarono quelle atroci uccisioni e l'indagine lo travolse, devastandolo, come magistrato e come uomo.

Certo, alla fine aveva risolto il caso, ma a quale prezzo?

Ora Elia Preziosi era l'ombra di se stesso.

Sentiva sulla propria coscienza il peso insostenibile delle morti di quegli innocenti, vittime di un omicida seriale tanto lucido quanto inesorabile.

Per questo continuava a logorarsi, ripetendosi in modo ossessivo, quasi paranoico, che se fosse stato più attento e meno distratto forse alcuni di quegli innocenti avrebbe potuto salvarli.

Niente poteva rendere accettabile il male o diminuirne la gravità. Niente.

Le persone avevano provato a confortarlo o a dargli una spiegazione per ciò che era accaduto, ma era inutile.

Non esiste una spiegazione al male.

Elia ne sentiva ancora il residuo oleoso sulla pelle. Ne percepiva l'odore nei sogni. Lo vedeva appostato nell'ombra mentre il giorno diradava al di là della finestra. Sentiva ancora, e forte, il richiamo del male che lo sfidava a combattere o a fuggire.

La vita sapeva essere estremamente dolorosa. Poteva ferirti, umiliarti, mortificarti, portarti via tutto ma lasciarti in vita.

Soltanto l'amore per lei gli aveva consentito di non impazzire.

Un amore ricambiato, straordinariamente intenso, unico.

L'amore per Silvia.

E Silvia, per fortuna, era ancora accanto a lui.

7

Tolfa, seduto sopra una poltroncina di velluto, osservava la sala operativa della UACV rimasta deserta.

Gli agenti avevano lasciato gli uffici dell'Unità per tornare ad occuparsi delle loro indagini.

Ma le grane di quella giornata non erano ancora finite.

Sempre in quella sala, alle dodici e quindici, si sarebbe svolto un incontro con i vertici investigativi delle città in cui *Orco* aveva colpito. Anche il ministro dell'Interno in persona, Carlo Fineschi, avrebbe partecipato per poi riferire direttamente al Presidente del Consiglio.

Prese il cellulare e chiamò Roberta, sua moglie.

Quando la sentiva al telefono, chiacchierando per qualche minuto del più e del meno, riusciva a scaricare la tensione meglio che durante una seduta di kick boxing.

Nel giro di pochi minuti, sapeva Tolfa, la pressione su di lui sarebbe stata enorme.

Il ministro voleva delle risposte e lui non ne aveva.

L'incontro fu breve e si rivelò un fallimento.

Tolfa non aveva potuto annunciare ciò che tutti si aspettavano. Nessuno degli investigatori convocati per la riunione voleva assumersi l'incarico di catturare *Orco*.

E la richiesta che quel maniaco assassino aveva fatto all'Unità non era praticabile.

Tolfa, sul punto, non aveva alcun dubbio.

Il ministro Fineschi, dal canto suo, aveva rincarato la dose redarguendo Tolfa di fronte ai più alti dirigenti della Polizia di Stato.

Adesso il ministro dell'Interno e il direttore della UACV erano rimasti soli.

Fu Fineschi a parlare per primo.

«Ora lei mi deve spiegare, a quattr'occhi, le vere ragioni per cui ritiene di scartare l'unica possibilità che abbiamo di catturare quel mostro.»

Quante volte Tolfa avrebbe dovuto ripetere che Elia Preziosi era fuori questione?

«Con tutto il rispetto, signor ministro, credo di averglielo già spiegato.»

«Non mi racconti cazzate!», sbraitò Fineschi.

Lontano dalle telecamere il ministro dell'Interno sapeva essere sboccato ed estremamente sgradevole. Fineschi, tuttavia, aveva a cuore il suo ministero ed era determinato ad assicurare alla giustizia il maggior numero possibile di delinquenti.

Le vene gli si gonfiarono sulle tempie e gli occhi sembrarono fuoriuscire dalle orbite.

Seguì un istante di silenzio.

Il ministro sospirò, si ricompose e riprese a parlare.

«Tutti quelli che ho interpellato pensano che lui potrebbe gestire bene questo caso. Senza contare che per la prima volta *Orco* ha chiesto di interagire con un nostro uomo. È inutile che le spieghi quanto ciò possa essere importante.»

Tolfa distolse lo sguardo da quello di Fineschi.

«No, Preziosi è fuori discussione. E poi non è più un "nostro" uomo, sempre che lo sia mai stato.»

«Perché lei è così testardo, maledizione?», ribatté Fineschi, «voi due eravate amici, da quanto ho capito. Lei potrebbe riportarlo indietro, se solo volesse.»

E come? Imponendogli le mani sulla testa ed esorcizzando i suoi demoni? Facendo risuscitare tutte le persone che sono state ammazzate?

Tolfa tentò allora di aprire gli occhi al ministro dell'Interno.

«Lei ricorderà sicuramente i fatti di Roma e l'indagine sul killer degli organi. Ci furono cinque morti in un mese e lo stesso Preziosi per poco non rimase ucciso. Non ha mai superato quel trauma e per questo ha lasciato la magistratura. E poi non direi che fossimo amici; certo, ero il suo ufficiale di polizia giudiziaria, ho condotto con lui centinaia di inchieste, ma c'è sempre stata una parte misteriosa e sfuggente in Elia Preziosi, una specie di metà oscura, che nessuno ha mai conosciuto. L'unica cosa di cui sono certo è che non vive più a Roma.»

All'inizio Tolfa aveva pensato che Preziosi se ne fosse andato da qualche parte per sparire dal mondo. Ma poi erano arrivate alcune segnalazioni che lo collocavano in giro per l'Italia.

Quindi era vivo, ma si era comunque arreso.

E non sarebbe mai tornato sul campo, Tolfa ne era più che sicuro.

Fineschi prese di nuovo la parola.

«Io sono un uomo politico e la politica ha le sue regole, che piacciano o meno.»

Tolfa sentì che la tensione gli stava scendendo dalle spalle fino ad ogni singola vertebra.

«Ci sono delle persone a cui devo rendere conto del mio operato che ritengono la cattura di *Orco* una priorità assoluta. Noi riteniamo che soltanto lei potrebbe convincere Preziosi a seguire il caso. Deve tentare, commissario. E riuscirci. Lo consideri un ordine.»

Nella sala operativa dell'UACV calò il silenzio.

«Immagino che ci siamo intesi», disse Fineschi.

«Sì», rispose Tolfa, un poco spaesato.

Scelta complicata, quella che gli si prospettava.

Trovare Preziosi e convincerlo a tornare sul campo oppure vedere vacillare la sua carriera nella Polizia di Stato. Quello era, tra le righe, il significato della conversazione appena conclusa.

Il ministro dell'Interno si congedò da Tolfa e alcuni istanti dopo apparve sulla porta un uomo vestito con un completo gessato grigio.

Aveva un'espressione molto seria e squadrò Tolfa, che lo squadrò a sua volta.

Il tipo era palestrato, completamente calvo e con un pizzetto nero come il carbone. Con ogni probabilità faceva parte dei servizi segreti.

«Mi chiamo Sanchez», si presentò, «sarò il suo tramite con il Ministero dell'Interno.»

«Sanchez, eh?», disse Tolfa, con una punta di ironia, capendo benissimo come quel nome fosse falso.

Sanchez se ne andò da dove era venuto senza neppure salutare, ma Tolfa sapeva che lo avrebbe rivisto molto presto.

8

La Costa Verde, lungo il versante sud occidentale della Sardegna, era meravigliosa.

Circondata dalla macchia mediterranea, fra valli e boschi di leccio, sorgeva in mezzo a scogliere selvagge e deserti di sabbia.

Le montagne mangiate dal vento avvolgevano la costa, come a proteggerla, mentre antiche torri costiere, tonnare e vecchi porti sembravano apparire nel paesaggio quasi per caso.

L'acqua, limpidissima, rifletteva ovunque la brillantezza dei frammenti di granito del fondale.

La Sardegna modaiola della Costa Smeralda era molto distante, in posizione diametralmente opposta sull'isola.

Nella Costa Verde non suonava nessuna musica sfrenata, ma solo il maestrale incessante che faceva piegare il ginepro e danzare gli arbusti. Niente starlette o calciatori, ma solo infinite distese di sabbia oro accecante, dove una vegetazione crudele e pungente pretendeva rispetto.

Elia Preziosi scrutava l'orizzonte.

Era una giornata così bella che sembrava impossibile immaginare che esistesse del male nel mondo.

Un gabbiano volava alto nel cielo, figlio della terra e dell'azzurro.

Lui rimase un istante a guardarlo, finché non virò verso est e divenne un puntino lontano.

Ammirava il veleggiare di quell'uccello e ne invidiava la libertà che ogni colpo d'ala dichiarava a un mondo fermo e immobile.

Non si stancava mai di guardare il mare.

Una confezione con tre lattine di birra, accanto a lui, faceva la sua parte in quella assolata giornata di maggio.

Aveva il viso abbronzato, solcato da rughe d'espressione che mettevano in risalto i suoi occhi verdi. I capelli erano lunghi e brizzolati, la barba incolta.

Ogni mattina, quando non andava a pesca, si fermava lì, in quel preciso tratto della spiaggia, per farsi coccolare dallo sciabordio delle onde.

Prese una lattina e l'aprì.

Bevve un lungo sorso, lentamente, senza fretta. Quando si è in pensione a quarantasei anni si preferisce dare inizio alle giornate in maniera tranquilla.

La mattina non beveva mai nulla di più forte di una birra. L'obiettivo non era stordirsi, ma solo entrare con piccoli passi in quella zona della coscienza che lui definiva "rilassata".

D'un tratto capì che qualcuno si stava avvicinando alle sue spalle.

Dopo tutte quelle mattine trascorse in spiaggia, Preziosi aveva raccolto un insieme talmente preciso di immagini, odori e rumori, che riusciva ad accorgersi di qualsiasi dettaglio fuori posto.

La persona camminava decisa, ma respirava in modo un po' affannato.

D'altra parte il sentiero da percorrere per arrivare in spiaggia era piuttosto sconnesso e, dalla strada provinciale, ci si poteva muovere soltanto a piedi.

Si voltò verso l'intruso. Tolfa.

Preziosi bevve un altro sorso e, senza dire una parola, porse la lattina a Tolfa che già stava tendendo la mano.

Tolfa guardò l'etichetta e fece un gesto di approvazione.

Quindi bevve e restituì la birra.

Elia osservò il suo ex ufficiale di polizia giudiziaria e passò in rassegna le possibili ipotesi della sua presenza in quel posto.

Escluse subito una visita di cortesia. Non si erano mai scambiati nemmeno una comunicazione che non riguardasse le indagini che conducevano insieme. Forse, allora, era lì per ragioni di lavoro. Preziosi sapeva della nomina di Tolfa a direttore della UACV, ma cosa poteva volere da lui?

Fu Tolfa a rompere il silenzio.

«La birra è buona, dottore, ma non è stato facile trovarla su quest'isola. Per fortuna sono uno sbirro.»

«Non avevamo cominciato a darci del tu?» lo interruppe Preziosi, volgendo di nuovo lo sguardo all'orizzonte.

«Hai ragione, Elia, l'avevo dimenticato. Spero che tu stia bene. Ho incrociato un signore davanti a casa tua e ha detto che ti avrei trovato qui. Mi sono svegliato presto stamattina, c'è un posto dove possiamo fare colazione?»

9

Preziosi prese un bicchiere di latte freddo che iniziò subito a fare a pugni con la birra che aveva in circolo. Tolfa, invece, optò per un espresso ristretto e al vetro.

Si erano seduti al tavolino di un piccolo bar senza pretese sulla strada provinciale.

«Anche se ti sei ritirato», esordì Tolfa, «saprai che l'Unità da molto tempo sta dando la caccia ad un seriale chiamato *Orco*. Quel figlio di puttana ha già ucciso cinque persone. Due giorni fa ci ha inviato il filmato del suo ultimo omicidio e per la prima volta ha fatto una richiesta.»

Per un istante Tolfa smise di parlare, in attesa di una qualche reazione di Preziosi che invece si limitò a far girellare il bicchiere tra le dita.

«In tanti anni che uccide, *Orco* non ha mai voluto interagire. Ha inviato alcuni filmati delle sue uccisioni e messaggi deliranti in cui dileggiava le forze di polizia, a volte ci spiegava le modalità diaboliche con cui aveva pianificato gli omicidi, ma non ha mai voluto interloquire con nessuno di noi.»

Quello era il punto in cui Tolfa si aspettava che Preziosi dicesse qualcosa.

E invece, silenzio.

«Devo risolvere questo caso, Elia, è in gioco la mia carriera. Ho ricevuto pressioni dalle cosiddette sfere alte. Guarda dietro di te, vicino al bancone del bar.»

Preziosi si voltò.

C'era un uomo imponente vestito di grigio che stava sorseggiando una tazza di tè. Vide il rigonfiamento sotto la giacca dove era nascosta la pistola.

«L'avevo notato quando siamo entrati», disse Preziosi, «ho immaginato che fosse con te.»

«Già», fece Tolfa, «si chiama Sanchez, almeno quello è il nome con cui si è presentato. È il tirapiedi del ministro Fineschi e adesso è diventato la mia ombra.»

«Ho quasi finito il mio latte freddo», riprese Preziosi, «l'ulcera sta cominciando a inviarmi spiacevoli fitte allo stomaco e devo andare a potare il giardino di casa. Che cosa vuoi?»

Tolfa respirò profondamente.

«*Orco* ha chiesto alla UACV che sia tu a occuparti delle indagini.»

10

Preziosi si appoggiò allo schienale della sedia e guardò negli occhi il suo ex ufficiale di polizia giudiziaria.

Cosa avrebbe dovuto rispondere?

Escludeva nel modo più assoluto di tornare a occuparsi di delitti, anche se la carriera di Tolfa dipendeva da questo.

Alla fine, suo malgrado, si decise.

«Senti, Tolfa, mi dispiace per le pressioni che stai subendo, ma non posso. Davvero. Tu puoi capirmi più di chiunque altro. E poi perché proprio io?»

«Non sappiamo il perché», rispose Tolfa, «forse ha seguito la tua carriera o avrà letto di te sui giornali. In ogni caso la sua è stata una richiesta esplicita. So cosa hai passato, Elia. Ripenso ai fatti di Roma ogni giorno. Ma *Orco* va fermato, dobbiamo porre fine a questa macabra catena di omicidi e tu potresti essere la chiave di volta per il suo arresto.»

Era tutto assurdo, pensò Preziosi.

Poco prima si trovava sulla spiaggia a bere birra con il vento che gli accarezzava il viso mentre adesso l'uomo con cui aveva lavorato per tanti anni in Procura gli stava chiedendo di tornare ad indagare su un serial killer.

«Se deciderai di aiutarmi», proseguì Tolfa, «avrai il più ampio margine di manovra, non dovrai neppure essere coinvolto in modo attivo, saresti solamente un consulente della UACV.»

Preziosi si alzò e lasciò sul tavolo una banconota da cinque euro.

«Offro io la colazione. Quanto al resto, non posso accettare. Mi spiace che tu abbia fatto un viaggio a vuoto.»

Pochi secondi dopo Elia era già fuori dal bar.

S'incamminò a piedi lungo la strada provinciale con le mani affondate nelle tasche e con un turbinio di pensieri nella testa.

Il sole ormai era alto e la terra iniziava a riscaldarsi.

11

Silvia era immersa nella vasca da bagno, le essenze di geranio arricchivano l'acqua calda di fragranze dolci e rilassanti.

Da quando lei ed Elia si erano trasferiti in Sardegna, la vita aveva cominciato a scorrere con ritmi più lenti, avulsi dalla frenesia e dal caos di Roma.

Il bagno caldo era ormai per Silvia una piacevole consuetudine della giornata. Lo preparava ogni mattina, dopo che Elia era sgattaiolato giù dal letto per andarsi a fare in spiaggia la sua colazione a base di birra.

Non era semplice vivere accanto ad un uomo come Elia Preziosi.

Silvia lo stava aiutando a guarire, finalmente.

Quello raggiunto da Elia era ancora un equilibrio precario, che da un momento all'altro poteva rompersi del tutto e riportarlo a tu per tu con i suoi demoni. L'alcool non era la soluzione, e lei lo sapeva, ma almeno anestetizzava alcune pulsioni più radicali.

Silvia uscì dalla vasca, si avvolse nell'accappatoio e

sentì il cane che abbaiava.

Il suo uomo era a casa.

Si domandò dove fosse stato tutto quel tempo, di solito non restava così tanto sulla spiaggia.

Elia si avvicinò al cancello, lo aprì con la chiave ed entrò nel giardino di casa.

Desdemona, una splendida esemplare di bulldog inglese, gli venne incontro e si aggrappò alla sua gamba agitando tutto il corpo in maniera scomposta.

«Ehi, buona!», esclamò Elia, sorridendo, mentre cercava di raggiungere la porta d'ingresso.

Una volta dentro, tentò di avanzare, ma Desdemona non glielo concesse. Almeno non prima che lui fosse rimasto per un po' a rotolarsi con lei sul pavimento.

Tutti i giorni pensava a quanto era accaduto negli anni passati.

I ricordi gli apparivano nella mente come immagini sfocate e sovrapposte.

Le ambizioni professionali e i tormenti da giovane avvocato, le indagini condotte da pubblico ministero, il killer degli organi che lo aveva quasi ucciso.

E poi tutti quei morti, innocenti.

Essere riuscito a risolvere il caso non poteva sollevarlo dalla pena e dalla sofferenza.

Questo finché Silvia non era rientrata a far parte della sua vita.

12

La casa che Elia e Silvia avevano acquistato in Sardegna era arredata con gusto.

Tutto era semplice e minimale, ma anche estremamente funzionale.

Silvia aveva scelto i mobili e una tinta gialla per le pareti. Le piaceva molto quel colore, che richiamava il sole e l'energia della natura. Elia l'aveva lasciata fare. Quando aveva scelto di seguirlo, aveva dovuto rinunciare a molte cose, prima fra tutte l'abbandono di una professione avviata.

Silvia, ancora fasciata nell'accappatoio, entrò nella stanza e gli sorrise.

«Hai fatto tardi, è successo qualcosa?»

Elia si fermò ad osservarla; la sua bellezza lo lasciava ancora senza fiato.

Aveva amato da subito i suoi occhi luminosi dal taglio allungato che si incastonavano sopra due zigomi perfetti.

Un tempo aveva avuto paura di contaminarla con la sua tristezza, ma ora era sicuro che fosse accaduto il contrario. Era lei che lo aveva aiutato a rialzarsi. La sua forza caratteriale l'aveva sostenuto e tutte le cadute erano state accompagnate dalla sua inflessibile serenità e dalla promessa di una felicità quotidiana costruita pian piano, giorno dopo giorno.

«No, amore. Devo solo aver perso la cognizione del tempo.»

Elia riuscì a liberarsi dall'affettuosa presa di Desdemona e si alzò in piedi.

Si avvicinò a Silvia e la baciò sulle labbra, facendole scivolare a terra l'accappatoio.

Un istante dopo erano già al piano di sopra, in camera da letto, a fare l'amore.

Era così bello immergersi nella vita con Silvia, inebriarsi dei suoi profumi, perdersi nel tocco delle sue dita e nel suono della sua voce.

13

Era tardi e Silvia dormiva.

Elia si alzò dal letto, andò verso il balcone e si fermò davanti alla portafinestra. Appoggiò la fronte sul vetro fresco, fissando lo sguardo fuori nel patio. L'area risplendeva delle luci fioche nascoste sotto gli arbusti. Riusciva a vedere fino al limite della zona verde. Al di là solo l'oscurità… e qualsiasi cosa vivesse nell'oscurità. Mentre guardava fuori immaginò i demoni del suo passato che lo guardavano a loro volta. Voleva allungare la mano per toccarli. Immaginò di poterne sentire lo sguardo su di sé. Era questo che i demoni facevano: osservavano e aspettavano pazienti, in attesa dell'opportunità, pronti a balzare quando la vittima guardava altrove. Un brivido gli percorse il collo. Rabbrividì. Quei demoni Elia li conosceva bene, lo possedevano da troppi anni ormai. Un freddo intenso gli corse giù per le gambe e risalì lungo la schiena come una mano gelida e ossuta, bloccandogli il respiro. Il tremito iniziò in profondità, riaffiorando in superficie con la forza di un terremoto.

Chiuse gli occhi per un istante, ritrovò la calma e aprì con delicatezza la portafinestra scorrevole.

Nel silenzio della notte si udivano in lontananza le onde del mare che sferzavano la riva.

Si rasserenò pensando che la giornata era stata perfetta.

Lui e Silvia avevano pranzato insieme e ascoltato un po' di musica. Tra le poche cose che Elia aveva portato con sé nel trasloco da Roma c'erano, oltre ai libri, quasi tutti i cd di Bon Jovi, nelle versioni in studio e in quelle live.

Ben presto il sole era tramontato.

Silvia si era addormentata sul divano, lui l'aveva portata dolcemente a letto e aveva concluso la giornata così come l'aveva cominciata.

Da solo.

Era il momento più duro.

Di mattina riusciva a sopportare la solitudine perché sapeva che Silvia sarebbe stata lì ad aspettarlo al suo ritorno.

Ma di notte era diverso.

Così provava a distrarsi leggendo un romanzo o guardando un film alla televisione.

Più spesso stordendosi con gli alcolici.

Quella notte non riusciva a smettere di pensare alla visita che aveva ricevuto.

Orco ha chiesto alla UACV che sia tu a occuparti delle indagini.

Rientrò in casa, prese il cellulare sul comodino e cercò nella rubrica il numero di Tolfa.

Rimase qualche istante ad osservare il display; pigiò sul tasto CHIAMA, ma interruppe l'invio prima che la comunicazione venisse attivata.

Si passò nervosamente una mano sulla faccia.

Attraversò in silenzio la camera da letto, scese le scale e uscì in giardino.

Il tocco di Silvia era evidente anche lì.

Dal gazebo in legno ai portacandele in vetro e al salottino con il divano, le poltrone e i cuscini.

Tutto era rilassante e rassicurante in quel luogo.

Si mise a sedere sul divano, respirò l'aria pungente della notte mentre le nubi correvano rapide sulla luna.

Ripeté a se stesso che quella era la cosa giusta.

Poi ripensò a *Orco*.

Quel mostro probabilmente aveva già programmato un altro omicidio e forse lui avrebbe potuto fare qualcosa per fermarlo, per salvare ancora delle vite.

No, Elia, tu ormai hai chiuso. Non sei più un magistrato e non devi dare la caccia a nessun dannatissimo serial killer.

Afferrò una lampada da tavolo e la scaraventò a terra.

Desdemona cominciò ad abbaiare, il rumore l'aveva spaventata. Subito dopo Elia avvertì alle sue spalle lo scorrere della portafinestra del balcone al piano di sopra.

Silvia si affacciò e guardò verso di lui.

«Amore, va tutto bene?», chiese, preoccupata.

Elia rimase in silenzio, sentendosi uno stupido per averla svegliata.

Un istante dopo, Silvia era scesa in giardino e si era seduta di fronte ad Elia sotto il gazebo.

Aveva imparato a muoversi con molta prudenza nei giorni in cui lui sembrava più nervoso o che le stesse nascondendo qualcosa.

Amava Elia così profondamente.

Per lui aveva lasciato tutto: Roma, la famiglia, la carriera di brillante avvocatessa civilista.

«Vuoi parlarne?», gli domandò.

«Non è niente», rispose Elia, «il telefono prende malissimo in questa parte dell'isola.»

«Chi volevi chiamare?»

«Nessuno di importante.»

«D'accordo. È tardi, perché non vieni a letto?»

«Tra poco.»

Silvia sapeva che in casi come quello, c'era solo un modo per allontanare Elia dai fantasmi del suo passato.

Mosse le gambe lentamente, poi si alzò in piedi; aprì le vestaglia di seta e lasciò che lo sguardo di Elia cadesse su di lei.

Adesso doveva aiutarlo a dimenticare il dolore, seppur per un breve momento.

14

Orco era sudato.

L'attesa gli procurava sempre una forte eccitazione.

Era nascosto in un armadio a muro pieno di abiti sgualciti e vecchi cappotti.

Dopo aver osservato attentamente la disposizione della stanze, aveva scelto di attendere nel guardaroba perché da lì poteva tenere sotto controllo sia l'ingresso principale che quello di servizio.

Gli sembrava che la sua presenza in quel posto fosse del tutto normale, prevista, contemplata.

L'odore della naftalina gli fece tornare in mente quell'anziana signora con la fobia per i ratti.

E pensare che lui, invece, li adorava. Erano esseri così intelligenti, socievoli, organizzati.

Prima di ucciderla si era divertito non poco a rinchiuderla in un baule pieno di topi.

Ora basta.

Orco sapeva di potersi perdere facilmente nei ricordi.

Per iniziare il viaggio gli bastava un semplice odore, un tessuto, un rumore.

Era entrato nella casa da circa mezz'ora.

Aveva iniziato a camminare sul parquet, bilanciando il suo peso e stando attendo a evitare i rumori.

Non c'era una particolare cadenza nei suoi movimenti, solo un lungo e liscio fluire.

Nessuno l'aveva mai visto muoversi quando, indossata la maschera, si trasformava in *Orco*.

Nessuno, a parte lui stesso.

Agli inizi, si filmava e si riguardava in differita per imparare dai suoi stessi errori. Tuttavia, vedendo un filmato dei suoi movimenti, qualunque spettatore avrebbe pensato ad un guasto che lasciava il video sul fermo immagine. Sembrava infatti che non accadesse nulla. Salvo poi accorgersi che l'uomo nel filmato era avanzato di due metri senza che lo spettatore se ne fosse reso conto.

Il motore di una macchina nel vialetto lo riportò all'attenzione che per un attimo aveva perso.

Dopo pochi secondi, lunghi come l'eternità, *Orco* sentì la porta della casa che s'apriva.

Attraverso una fessura delle ante, prima che la luce invadesse la stanza, vide la sagoma di una donna.

Finalmente era arrivata.

I suoi nervi iniziavano a contorcersi e i muscoli gli ordinavano di muoversi.

Respirava veloce, emozionato.

Controllò che la maschera fosse ben aderente al viso.

Strinse forte il fucile a canne mozze che teneva nella mano destra.

Poco prima, quando era ancora solo nella casa, aveva inserito una cartuccia nel caricatore.

Il *clac* aveva echeggiato tra le pareti procurandogli un brivido di piacere.

Si sporse con cautela, protetto dalla penombra offerta dall'armadio a muro.

La donna entrò nella camera da letto e accese la luce.

Si tolse le scarpe e si sedette alla toletta, vicino alla finestra.

Orco decise che quello era il momento.

Uscì dal suo nascondiglio.

La donna aveva appena iniziato a pettinarsi quando, all'improvviso, vide il mostro riflesso nello specchio.

Boom.

La testa della donna esplose.

Orco ebbe l'impressione che lei non avesse neppure sentito lo scatto del grilletto.

15

Da quando vivevano sulla Costa Verde, Elia e Silvia avevano tagliato i ponti con il passato.

Lui si era dimesso dalla magistratura, mentre lei aveva lasciato la professione di avvocato civilista.

Una scelta drastica, ma necessaria affinché Elia potesse recuperare un po' di serenità.

Vivevano delle cospicue rendite di alcuni appartamenti che avevano affittato a Roma e ciò gli consentiva un'esistenza agiata senza farsi mancare nulla.

Di una cosa, tuttavia, Silvia credeva di essere certa: Elia non sarebbe mai tornato a fare l'investigatore.

Adesso, invece, qualcosa era cambiato.

Elia era sempre stato un uomo tormentato, ma non in quel modo.

Cosa lo rendeva così inquieto?

Ti prego, fa che non sia il lavoro, pensò. Posso sopportare tutto, ma non questo.

«Mi dici cosa sta succedendo?», gli chiese mentre

erano sdraiati sul letto, nudi, l'uno accanto all'altra dopo aver fatto l'amore.

Elia taceva, ma Silvia voleva sapere.

Doveva sapere.

«Ti hanno chiesto di fare qualcosa, vero?»

«Sì.»

«E tu cosa gli hai risposto?»

«Ho detto no.»

Silvia espirò, senza accorgersi che stava trattenendo il fiato.

Poi Elia continuò.

«Ricordi Pietro Tolfa? È stato il mio ufficiale di polizia giudiziaria quando ero pubblico ministero. Dopo che ho lasciato la magistratura, anche lui è andato via dalla Procura. È diventato il capo della UACV, l'Unità per l'Analisi del Crimine Violento della Polizia di Stato. Si è presentato questa mattina e mi ha chiesto di tornare a lavorare per dare la caccia a un assassino seriale che l'Unità ha soprannominato *Orco*. Ha già ucciso cinque persone e sette anni di indagini, sino ad oggi, non hanno portato a nulla.»

«E tu cosa c'entri? Trovassero qualcun altro per catturarlo.»

«Non è tutto. *Orco*, dopo aver commesso gli omicidi, spesso si vanta delle sue opere inviando agli inquirenti messaggi di vario genere, ma sempre in modo unilaterale. Stavolta, invece, ha fatto una richiesta. È la prima volta che interagisce con gli investigatori.»

«E quale sarebbe questa richiesta?», domandò Silvia senza essere affatto sicura di voler conoscere la risposta.

«Ha chiesto che sia io a occuparmi delle indagini.»

Seguì un interminabile attimo di silenzio.

«L'ultima volta sei quasi morto.»

«È vero», disse Elia sospirando, «ma potrei contribuire a salvare molte vite. Potrebbe essere la prima vera occasione per tentare di catturare questo feroce assassino.»

«Ma perché proprio tu? E cosa vuole da te, questo *Orco*?»

«Ancora non lo sappiamo.»

Silvia si accorse che Elia aveva utilizzato la prima persona plurale. *Ancora non lo sappiamo.* Capì allora che il rifiuto alla richiesta di Tolfa non era stato sincero.

Il senso del dovere e la possibilità di porre fine ad una serie di omicidi avevano riacutizzato i tormenti di Elia.

In quel momento Silvia comprese che il destino trasporta chi lo asseconda e trascina via chi gli si oppone.

«Va bene, occupati del caso. Ma poi tornerai subito da me, d'accordo?»

Elia sorrise, accarezzandole il viso.

Lei capì che era solo per tranquillizzarla.

«Certo, non vorrei andare da nessun'altra parte.»

«Ti amo, Elia.»

«Ti amo anch'io.»

16

Il volo Cagliari-Roma era stato tranquillo e l'Airbus A320 era atterrato all'aeroporto Leonardo Da Vinci in perfetto orario.

La Sardegna l'aveva salutato regalandogli un'alba dipinta con infinite sfaccettature di giallo, rosa e arancio.

Quello era il momento della giornata preferito da Elia, quando l'oscurità veniva sconfitta e il mondo appariva sereno e immerso nelle esplosioni di luce che sorgevano all'orizzonte.

Una volta sbarcato a Fiumicino, aveva preso un taxi e adesso se ne stava seduto nella caffetteria di via Panama dove, alle nove e trenta, aveva appuntamento con Tolfa.

Conosceva bene quel locale. Quando viveva a Roma gli capitava spesso di passarci per fare colazione oppure a bere o mangiare qualcosa.

«Ecco qui, nero lungo e con una bustina di zucchero di canna, come piace a te. È bello rivederti da queste parti» disse Stefania, la cameriera, mentre posava una tazzina di caffè espresso sul tavolo davanti a Elia.

«Grazie, ma sono di passaggio. Dovrei fermarmi solo per qualche settimana. Almeno spero.»

Sul viso di Stefania apparve un'espressione un po' dispiaciuta.

«Noi comunque siamo sempre qui e il boss ha detto che per oggi offre la casa.»

Preziosi guardò verso Augusto Ferrola, che stava dietro la cassa. Lo ringraziò con un gesto della mano.

«La vita è bizzarra, Stefania. Fino a quarantotto ore fa pensavo di aver intrapreso un viaggio che non mi avrebbe mai riportato a Roma. E invece...»

Alzò la tazzina verso di lei e accennò a un brindisi.

«Ai viaggi mancati.»

Stefania intuì che dietro quella frase si nascondeva una certa tristezza e gli sorrise.

Elia lesse la sincerità nei suoi occhi.

«Ai viaggi rimandati, Elia. Solo rimandati.»

Un tipo in giacca e cravatta e dal viso spigoloso si stava sbracciando a un tavolo dietro di loro. Stefania fu costretta a rientrare nel mondo al quale apparteneva per otto ore al giorno.

«Vengo subito.»

La donna se ne andò lasciando Preziosi in compagnia dei suoi pensieri.

A parte la componente emotiva, era davvero una brutta storia.

Lo spaventava l'idea di dare la caccia a uno spietato assassino seriale. Di nuovo.

E poi c'era quell'assurda richiesta.

Perché mai *Orco* aveva chiesto che fosse lui ad occuparsi delle indagini?

Iniziò a bere il suo caffè quando Tolfa apparve nel riquadro della prima vetrina.

Le costeggiò una a una, sparendo e ricomparendo, fino ad arrivare alla porta.

Entrò e cominciò a cercarlo con lo sguardo. Quando individuò Preziosi si diresse verso di lui con aria seria.

Lo raggiunse al tavolo e rimase in piedi.

Aveva dipinti sul viso i segni di una notte passata in bianco.

«Ciao, Elia.»

«Siediti, Pietro. Che prendi?»

«Niente, grazie», rispose, lasciandosi cadere sulla sedia di fronte.

I due uomini si guardarono.

Preziosi capì subito che qualcosa non andava.

Avvertì un brivido lungo la schiena.

«Che succede?»

Tolfa si sfilò il soprabito e lo mise sulla sedia libera accanto a lui.

Si appoggiò allo schienale e sospirò.

«*Orco* ha commesso un altro omicidio.»

17

Elia ebbe una sensazione di vuoto.

Stava accadendo ancora.

Sangue, cadaveri, assassini.

Parlò con voce calma.

«Chi è la vittima?»

«La dottoressa Rosa Lancetti, una psicologa piuttosto conosciuta in città. Da tre giorni non si presentava allo studio e non rispondeva al telefono, è stato un suo collega a dare l'allarme. Ieri sera i colleghi della territoriale hanno trovato il cadavere. Ho preferito aspettare questa mattina per informarti.»

«Dove è successo?»

«Nel suo appartamento. Ma c'è un'altra cosa. Questa volta *Orco* ha lasciato sul luogo del delitto un biglietto per te.»

Cadde un attimo di silenzio.

«Cosa diceva il biglietto?»

«Ti sfidava, Elia. Questo maniaco ha sempre dileggiato le forze dell'ordine, ma la frase che ha scritto stavolta era indirizzata a te.»

«Va bene, non perdiamo altro tempo, andiamo.»

Elia si alzò dal tavolo, salutò Augusto Ferrola e Stefania e si diresse verso l'uscita del bar.

Un minuto dopo erano già a bordo dell'auto di servizio e sfrecciavano per le vie di Roma.

A volte, nelle sua fantasticherie, Elia aveva avuto la sensazione che Roma fosse un'entità aliena a sé stante, qualcosa che avrebbe continuato a funzionare anche se tutti gli esseri umani fossero spariti di colpo.

Le luci delle chiese e dei monumenti avrebbero continuato ad accendersi e spegnersi mentre i taxi avrebbero continuato a percorrere le strade anche se non ci fosse stato più nessuno all'angolo di una piazza ad alzare la mano per fermarne uno.

Strana città, Roma.

Nonostante la sua indolenza, il suo cinismo, il suo essere dimora della peggiore casta e paradigma del declino italiano, rimaneva bellissima.

Giaceva lì, sopra i suoi colli, indifferente al trascorrere del tempo, eppure protagonista del Mondo.

Elia si sorprese a guardare la sua città con gli occhi innamorati e nostalgici della lontananza.

Fu assalito da una struggente malinconia.

Ripensò alle fredde giornate romane d'inverno, lungo la via Appia Antica, col vento, il cielo grigio e i prati brulli, mentre gli aerei atterravano a Ciampino al di là delle sagome brune degli acquedotti.

Sembrava quasi che Roma riuscisse a conservare il tempo.

Nelle sere di gennaio, prima che facesse buio, davanti a Villa Medici o nel silenzio sepolcrale di Villa Borghese. Poi, ancora, nelle fontane di piazza Farnese, nella piazza del Campidoglio e negli archi del Teatro Marcello dove, sornioni e acciambellati, dormivano i gatti. Oppure nel rosso mattone delle Terme di Caracalla e nel verde dei pini che segnavano la passeggiata verso Ostia e che annunciavano il mare.

Roma custodiva il tempo, senza farlo fuggire.

Elia pensò che se adesso fosse ripartito per la Sardegna, avrebbe trovato ai confini di Roma un'impenetrabile barriera di energia. Una sorta di recinto magnetico che non gli avrebbe consentito di allontanarsi da una città dove non aveva più voglia di restare.

Dove, soprattutto, non aveva più nessun motivo di restare.

18

Tolfa, alla guida dell'auto civetta, aspettava che fosse Preziosi a parlare.

Elia, invece, rimase assorto e in silenzio a guardare fuori dal finestrino.

Il tragitto verso la casa di Rosa Lancetti durò circa quindici minuti.

L'abitazione era una villetta piuttosto isolata che si trovava sulla via Cassia, nella zona nord di Roma.

Preziosi e Tolfa non furono eccessivamente sorpresi di trovare, oltre al normale spiegamento delle forze dell'ordine, una massiccia presenza dei media. Le emittenti televisive avevano inviato cronisti e telecamere sul luogo del delitto.

L'attrazione del pubblico per gli omicidi era inesauribile. Forse perché sembrava inconcepibile che un essere umano potesse superare quel confine, oppure perché la gente si chiedeva come mai non l'avesse ancora attraversato essa stessa? Preziosi sapeva che ognuno aveva dentro di sé una "parte oscura" e che di conseguenza percepiva il male come un pezzo possibile della sua vita. Cercava di tenerlo lontano, ma al tempo stesso ne subiva il fascino perverso e seduttivo ogni volta che lo vedeva impossessarsi di un suo simile. In qualche modo era come se, guardando il male, le persone percepissero una visione astratta di un qualcosa che, in modo latente, era presente nella loro anima.

Ogni troupe si era impossessata di uno spiazzo erboso fuori dalla barriera delle transenne prontamente sistemate dagli investigatori.

C'erano cronisti che provavano ad aggirarsi tra le macchine con i lampeggianti accesi e furgoni della emittenti televisive parcheggiati davanti al cancello attraverso cui si accedeva alla villetta.

La loro tempestiva presenza andava collegata al fatto che c'era sempre qualcuno tra le forze di polizia che arrotondava lo stipendio impersonando con profitto il ruolo di "fonte certa".

Tolfa e Preziosi scesero dall'auto e si fecero largo tra una piccola folla di giornalisti.

Superarono il camioncino della scientifica, varcarono il cancello e giunsero davanti alla porta d'ingresso.

L'agente di guardia li riconobbe e aprì le transenne per agevolare il passaggio.

«Buon giorno commissario e lieto di rivederla signor procuratore.»

Elia chinò la testa come se stesse controllando dove metteva i piedi e il poliziotto non ebbe modo di vedere la sua espressione.

«Non sono più un procuratore, agente.»

«Certo, signor procur..., mi scusi.»

Il poliziotto abbassò gli occhi, imbarazzato, mentre Tolfa si era spostato di qualche metro per salutare alcuni colleghi.

«Non fa niente», lo tranquillizzò Elia.

L'agente si rinfrancò e accennò un mezzo sorriso.

«Se posso permettermi, quando uno è stato un pubblico ministero come lei, per uno come me lo resta per sempre. Mi spiace che abbia scelto di abbandonare la toga... signor Preziosi.»

«Grazie, lo apprezzo molto.»

Nel frattempo Tolfa si era riavvicinato e l'agente si fece di lato per consentirgli di entrare nella casa.

All'interno gli uomini della scientifica stavano ancora effettuando le loro rilevazioni.

Elia si sentì stranamente un intruso per la sua presenza sul luogo di un delitto: era la prima volta come privato cittadino. Seguì Tolfa ed entrarono nella camera da letto. Conosceva già la sensazione che avrebbe provato. E sapeva che, come sempre, sarebbe stato ben lieto di poterne fare a meno. Eppure i posti dove venivano commessi gli omicidi non erano privi di un loro fascino perverso. Teatri di stragi erano addirittura diventati luoghi di macabro pellegrinaggio, quasi come fossero delle mete turistiche. Per Elia, negli anni in cui era stato un pubblico ministero, erano soltanto posti dove abbandonare le emozioni e cercare di svolgere il suo lavoro.

«Prima di raggiungerti, stamattina, sono passato qui», disse Tolfa, «ho parlato con il magistrato di turno e ho fatto rimuovere il corpo. Era ridotto piuttosto male.»

Lo specchio sopra la toletta era andato in frantumi e c'erano schizzi di sangue dappertutto.

«Come l'ha uccisa?», domandò Preziosi con un filo di voce.

Tolfa si passò una mano sul viso ruvido di barba.

«Le ha sparato alla testa. L'arma doveva essere di grosso calibro e il colpo è partito da una distanza ravvicinata. Un primo esame sommario del corpo ha escluso altri tipi di violenza. Aspettiamo comunque l'esito dell'autopsia.»

«Dimmi del messaggio di *Orco*», incalzò Elia.

Tolfa sembrò temporeggiare per un secondo prima di indicare con un cenno della mano il foglio che, imbustato e repertato, stava ancora sul piano della toletta.

Preziosi si avvicinò.

La scritta si leggeva chiaramente attraverso il cellophane:

> *La zoccola non ha sofferto. Purtroppo non ho più molto tempo e posso dedicarmi agli infami con meno attenzione. Forza, illustre dottor Preziosi, vediamo cosa sai fare.*

L'uomo che era stato un pubblico ministero e che secondo il poliziotto di guardia lo sarebbe rimasto per sempre si sentì completamente perduto.

19

Per tutti gli anni in cui era stato un pubblico ministero della Procura di Roma, Elia non aveva mai messo piede nella sede della UACV.

Ora, invece, da semplice consulente investigativo, era seduto di fronte al direttore nella sala operativa dell'Unità.

Uno davanti all'altro, Preziosi e Tolfa, come ai vecchi tempi.

Durante il viaggio dalla casa di Rosa Lancetti agli uffici della UACV aveva telefonato a Silvia per raccontarle cosa era successo e per dirle che lui stava bene.

Mentiva.

Lei gli disse che voleva raggiungerlo, ma Elia rispose che non ce n'era alcun bisogno e la convinse a rimanere nella loro casa in Sardegna. Alla fine si erano salutati con la promessa di risentirsi quella stessa sera.

Appena ebbe riattaccato, Elia osservò l'immagine sullo sfondo del display. Era una foto di Silvia, scattata l'estate precedente mentre camminava in riva al mare.

Indossava un vestito azzurro di tessuto leggero. Lui amava quel vestito, lo amava indosso a lei, amava il modo con cui le fasciava il corpo.

Elia si ricompose, perdersi tra i ricordi non gli avrebbe giovato in alcun modo.

Doveva concentrarsi sul caso.

Un pluriomicida psicopatico aveva appena ucciso una stimata psicologa e chiedeva di avere tutta la sua attenzione.

E lui, adesso, era determinato a dargliela.

20

Francesca Santini congedò l'incaricato del catering e chiuse la porta di casa.

Aveva ancora in bocca il gusto dei cibi prelibati preparati dallo chef per lo straordinario menù di quella serata.

Per la festa del suo quarantacinquesimo compleanno aveva fatto venire appositamente lo staff del Pegasus, il più esclusivo ristorante di Roma con vista mozzafiato sul Colosseo.

Mentre attraversava l'ampio salone del suo attico in via Dei Condotti avvertì una discreta stanchezza.

In tutta la casa erano ben visibili i postumi della festa.

Il personale del catering aveva rimosso tavoli e stoviglie per poi andarsene in modo discreto. Il giorno dopo sarebbe arrivata la donna delle pulizie a terminare il lavoro.

Francesca uscì sulla grande terrazza dove un sapiente gioco di luci e ombre creava un'atmosfera suggestiva.

Fuori la temperatura era mite.

Si sdraiò su un lettino in teak e pensò a quanto fosse bello quell'appartamento. L'aveva fatto sistemare da Guido Buy, uno fra i più apprezzati architetti italiani d'interni. Gli aveva lasciato carta bianca, pregandolo solo di non alterare lo spirito della casa. Il risultato finale era stato straordinario al punto che l'attico di via Dei Condotti faceva sempre rimanere gli ospiti strabiliati.

Ogni cosa, intorno a lei, testimoniava il suo successo.

Tuttavia Francesca sapeva benissimo come nessuno avrebbe partecipato al suo party se lei non fosse stata la donna ricca che era.

Estrasse dal reggiseno una piccola scatolina dorata. La aprì e fece cadere sul dorso della mano un pizzico di polverina bianca. Avvicinò la mano al naso e sniffò la cocaina direttamente da lì. Quindi appoggiò la testa allo schienale del lettino aspettando che la droga entrasse in circolo.

Ebbe appena il tempo di sentire la scossa della cocaina quando giunse, violento, il buio più assoluto.

21

La donna riprese conoscenza.

Non aveva idea di quanto tempo fosse trascorso.

Si ritrovò seduta sulla poltroncina della sua camera da letto, le gambe e piedi legati con del robusto nastro adesivo.

Provò ad urlare, ma riuscì solo a emettere un mugolio indistinto.

Aveva la bocca riempita di stoffa ed era stata imbavagliata con una sciarpa stretta tra le labbra.

Immobile, in piedi davanti a lei, c'era un uomo che la fissava.

Indossava una blusa di tela nera e dei pantaloni da lavoro dello stesso colore. Le mani erano fasciate da guanti pure neri. Sulle spalle aveva uno zainetto.

Il viso dell'uomo era coperto da una maschera di lattice che riproduceva un cranio interamente scuoiato, con esposte la muscolatura, le vene e le arterie dell'anatomia umana.

Lo sguardo terrorizzato di Francesca Santini percorse l'intera figura.

Rimasero in silenzio per un periodo che alla donna sembrò eterno, con l'uomo mascherato che non si decideva a parlare e lei che non riusciva a farlo.

Finalmente la voce dell'uomo uscì dalla fessura che l'orripilante maschera lasciava alla bocca.

«Bentrovata, dottoressa Santini. Complimenti, ha una bellissima casa.»

La voce era calma e suadente.

Francesca sgranò gli occhi e iniziò a dimenarsi furiosamente sulla poltroncina.

«Non si affanni, illustre pediatra. Il nastro adesivo è abbastanza stretto, è inutile che provi a liberarsi. E non cerchi di parlarmi, rimanga zitta, tanto non riesco a capirla. In ogni caso, ciò che potrebbe dirmi, adesso, non riveste per me alcun interesse. Si starà domandando cosa voglio da lei, vero?»

Francesca emise un gemito prolungato.

«Se sta pensando che è il suo denaro che mi interessa, si tranquillizzi. Non voglio i suoi soldi.»

Seguì una pausa, al termine della quale l'uomo aggiunse, algido: «Io voglio toglierle la vita.»

Francesca fu pervasa dal panico.

Provò di nuovo, convulsamente e con tutte le sue forze, a liberarsi dal nastro che la immobilizzava.

Mugolò ancora, ancora e ancora.

Quindi, esausta, si abbandonò allo sconforto, lasciando fuoriuscire uno sbuffo d'aria dal naso.

I suoi occhi si riempirono di lacrime.

Muovendosi con innaturale lentezza, l'uomo afferrò un comodino che si trovava accanto al letto e lo posizionò davanti alla poltroncina su cui era seduta e legata Francesca.

Da una delle tasche dei pantaloni estrasse uno smartphone. Lo poggiò in verticale sul piano del piccolo mobile di legno, attivò la modalità videocamera e avviò la registrazione.

L'uomo vestito di nero e con la maschera di un cranio senza pelle si spostò, portandosi alle spalle di Francesca.

La donna tentò di girarsi, per non perderlo di vista.

Con la coda dell'occhio riuscì a vedere come quel mostro stesse brandendo un pugnale nella mano destra.

Poi sentì di nuovo la voce provenire da un punto dietro di lei.

«Siamo esseri destinati alla sofferenza e il mio compito è renderla a chi la procura», disse afferrando Francesca per i capelli e tirandole indietro la testa.

Il lamento isterico della prigioniera si trasformò in urla soffocate dalla stoffa che aveva nella bocca.

L'uomo mascherato le conficcò il pugnale nella giugulare, per poi tagliare la gola da parte a parte.

La dottoressa Francesca Santini sentì il sangue e la vita scorrere via.

Un ultimo gorgoglio strozzato e la luce abbandonò per sempre i suoi occhi.

22

Elia pagò la corsa al tassista e scese dall'auto.

La riunione con Tolfa nella sede della UACV non aveva portato a nulla.

Con Silvia avevano deciso di affittare tutti gli appartamenti, tranne quello di piazzale Don Minzoni.

In quella casa, ancora arredata, Elia custodiva molti degli oggetti che gli erano più cari: la Fender Stratocaster con cui da ragazzo suonava nei locali romani insieme al suo gruppo musicale, la foto incorniciata insieme a Jon Bon Jovi scattata dopo un leggendario "concertone" del primo maggio, i tanti e preziosi volumi della biblioteca giuridica.

Nell'edificio accanto al suo, per una ristrutturazione, era stato costruito un ponteggio. I teli di protezione creavano una zona d'ombra che avvolgeva in modo sinistro l'ingresso del palazzo. Ci passò attraverso e cercò in tasca le chiavi di casa.

Fu allora che sentì dietro di sé il rumore stridulo di una brusca frenata.

Si girò e vide un suv nero che si era appena fermato.

Le portiere si spalancarono e scese un energumeno con la testa rasata e le braccia piene di tatuaggi.

Mentre l'uomo si incamminava verso di lui, Elia lo riconobbe.

Non ricordava il nome, ma solo che gli aveva fatto prendere dodici anni per un tentato omicidio e che a Roma tutti lo chiamavano Er Principe.

«Ciao Principe, sei evaso o ti hanno fatto uscire?», chiese Elia guardandosi attorno e notando, suo malgrado, come la strada in quel momento fosse deserta.

«Sono stato un detenuto modello e tra indulto e buona condotta ho scontato la mia pena, signor pubblico ministero.»

«Non sono più un pubblico ministero, Principe, e vorrei fosse l'ultima volta che lo dico, per oggi.»

«Oh, lo so, *signor pubblico ministero*, te la sei fatta sotto, sei scappato come un codardo e adesso sei solo un privato cittadino, proprio come me. Ma lo sai cosa vuol dire essere rinchiuso in una cella?»

Non lasciò ad Elia il tempo di una replica.

Quello che voleva era solo proseguire il suo show.

«Ah, dimenticavo, che stupido. Il dottor Preziosi non ci va in galera, nemmeno quando prende una cantonata e manda dietro le sbarre un innocente.»

«Vieni al sodo, Principe. Cosa vuoi?»

Era una domanda retorica, Elia sapeva benissimo darsi una risposta anche da solo.

Ora voleva guadagnare un po' di tempo.

«Vedi, *signor pubblico ministero*, ogni fottuto giorno che ho passato in carcere pensavo sempre e solo ad una cosa. Sai quale?»

«No, sorprendimi.»

Quando Elia aveva cominciato a dare la caccia ai delinquenti, sapeva che per un pubblico ministero possono esserci delle situazioni pericolose. L'ironia della sorte, tuttavia, l'aveva infilato in una di queste situazioni proprio adesso che un pubblico ministero non lo era più.

«Pensavo a *questo* momento» disse Er Principe, sferrandogli un pugno che lo colpì dritto alla mascella.

Elia rovinò a terra come un pugile al tappeto. Tentò di rialzarsi, ma rimase sulle ginocchia. Gli girava la testa e sentiva le orecchie che ronzavano.

In quel momento una gazzella dei carabinieri si fermò allo "stop" che immetteva su piazza Don Minzoni.

Er Principe se ne accorse e aiutò Elia a rimettersi in piedi.

Mentre l'auto dei carabinieri sfilava indifferente davanti a loro, gli sussurrò in un orecchio: «Non finisce qui, bastardo, guardati le spalle.»

Poi risalì in macchina e sparì così come era arrivato.

Elia si infilò nell'androne del palazzo, si appoggiò al muro per qualche istante e cercò di riprendersi.

Chiamò l'ascensore e attese che i numeri sul display arrivassero allo zero.

Quando si aprirono le ante prese posto sulla cabina, cercando di non guardare la sua immagine malconcia allo specchio.

Arrivato davanti alla porta dell'appartamento, entrò e accese la luce.

Ritrovò ad attenderlo la sua vecchia casa e i ricordi di una vita.

23

Prima di scendere, come sempre, *Orco* si era premurato di far mangiare Cocò e Taby, la coppia di topolini che aveva sistemato nel soggiorno all'interno di una gabbia piuttosto spaziosa.

Quei due ratti erano, ormai, gli unici esseri viventi che gli facevano compagnia.

Ogni tanto provava ad accarezzarli, ma loro non glielo permettevano.

Saltellavano, rapidi, sui trespoli sistemati all'interno gabbia e che gli consentivano di raggiungere le tane sospese.

Spesso si fermava ad osservarli mentre correvano, frenetici, sulla flying saucer, la ruota per roditori di ultima generazione che lui aveva inserito nella gabbia.

A volte ne rimaneva quasi ipnotizzato.

Cocò e Taby erano nati in cattività e *Orco* sperava che la vita, almeno per loro, fosse anni luce lontana dalle vessazioni che martoriavano l'esistenza degli uomini.

«Lo so, siete affamati», disse mentre riempiva di mangime i contenitori.

Lasciò che alcuni piccoli frammenti di quel mix di semi, cereali e verdure essiccate rimanessero sul polpastrello del suo dito indice.

«È ora di mangiare, amori miei», sussurrò mentre infilava il dito tra le aste della gabbia.

Taby, che era più coraggiosa, si avventurò aggrappandosi alle sbarre con le sue zampette rosa. Sporse la testolina, annusò e spilluzzicò il mangime.

«Adesso papà ha da fare», disse poi *Orco* sorridendo, «ci vediamo più tardi.»

Lasciò il soggiorno e scese frettolosamente la rampa di scale che portava nel seminterrato. Era lì che andava quando voleva celebrare il suo delirio di giustiziere. I muri della stanza erano scrostati e l'intonaco sfogliato in alcuni punti.

La sala profumava di morte.

Era un odore che ricordava le cantine, gli antri bui e stantii delle caverne e i seminterrati chiusi da una vita. Un odore di sangue rappreso e cibi putrefatti.

Orco ne era inebriato. Lo aveva insonorizzato, trasformandolo in un piccolo cinema. Il *suo* cinema privato.

Alla parete aveva fissato un televisore a schermo piatto da 80 pollici, il più grande esistente sul mercato.

Si sedette sulla soffice poltrona di velluto rosso e sospirò, pregustando il godimento che sarebbe giunto di lì a poco.

La vita era stata spietata con lui, privandolo di quanto aveva più caro. Ma adesso che la sua missione stava volgendo al termine, pensava che il bilancio, tutto sommato, fosse positivo.

Spesso si ripeteva che se non avesse sofferto così tanto, non avrebbe mai provato il piacere estremo della vendetta e dell'inflizione del dolore.

Fece partire il video.

Già sapeva che l'avrebbe riguardato decine di volte prima dell'alba. Ammirare il suo operato lo eccitava, gli ricordava chi era e ciò che doveva fare. In onda c'era l'esecuzione di Francesca Santini.

Finalmente quella puttana non avrebbe più visitato nessun bambino.

Lasciò che le immagini sul televisore lo avvolgessero.

Sentì che l'uccello gli stava diventando duro e turgido.

Se lo tirò fuori dalla patta dei pantaloni e iniziò ad accarezzarlo.

Poi la sua mano iniziò a muoversi con foga, su e giù, sempre più veloce e senza che lui distogliesse per un istante gli occhi dallo schermo.

Il mostro guardava il sangue sgorgare come un fiume in piena dal collo della dottoressa Santini.

Quando arrivò all'orgasmo, per *Orco* fu pura estasi.

24

L'attico di piazza Don Minzoni era esattamente come Elia l'aveva lasciato prima di partire per la Sardegna.

Tutto era in perfetto ordine e non c'era nell'aria l'idea pruriginosa della polvere. Saltavano agli occhi i segni di una pulizia frequente e accurata. Il merito era di Angelica, la domestica, che veniva di tanto in tanto anche per arieggiare la casa e per innaffiare le piante sul terrazzo.

Il dolore per il pugno ricevuto poco prima dal Principe iniziava ad attenuarsi.

Elia si diresse verso il bagno e si tolse i vestiti. Aprì il rubinetto della doccia e regolò la temperatura. Entrò nel box, apprezzando subito la piacevole sensazione del getto d'acqua calda sulla pelle.

Cercò di rilassarsi un poco.

Alcune settimane prima aveva visto *La grande bellezza*, il film che dopo tanti anni aveva riportato il premio Oscar in Italia e che aveva mostrato al mondo intero, ancora una volta, le seduzioni e il fascino di Roma.

Gli venne in mente che la sua città, in realtà, era tutta

un grande set cinematografico, pieno di posti che ognuno aveva visto così tante volte da aver quasi perso la voglia di provare a conoscerli davvero.

Con questa riflessione in testa chiuse l'acqua, uscì dalla cabina e prese un asciugamano con cui si frizionò i capelli. Andò nella camera da letto e accese la luce. Tirò su la serranda, sollevò la maniglia della portafinestra e fece scorrere il vetro che si aprì delicatamente. Uscì sul terrazzo e ammirò il panorama ammaliante della città eterna. Una brezza leggera accarezzò il suo corpo, procurandogli un brivido. Pensò alle volte in cui lui e Silvia, abbracciati, restavano a guardare il sole che illuminava quella cartolina fatta del rosso dei tetti e dell'azzurro del cielo.

Rientrò in casa e si trovò a riflettere su chi fosse in realtà Elia Preziosi, un tempo stimato uomo di legge e oggi chiamato a occupare un posto che qualcuno gli aveva assegnato in una storia di pazzi.

Visto dall'esterno, Elia poteva sembrare un cittadino qualsiasi che aveva deciso di lasciare Roma per andare a vivere nella natura incontaminata della Costa Verde in Sardegna.

Ed era esattamente quello che lui avrebbe voluto essere in quel momento. Una persona normale con una vita normale, senza ricordi dolorosi di una esistenza tormentata.

Chiuse la finestra e si rivestì. Uscì dalla camera da letto e percorse il corridoio fino allo studio.

In quella grande stanza si trovava la libreria con i testi giuridici che Elia, sin dai tempi dell'università, aveva conservato e collezionato.

Il pavimento era ricoperto da pregiati tappeti persiani mentre le pareti erano fittamente tappezzate di quadri, stendardi e attestati. Un divano in pelle e l'imponente scrivania con tre poltrone completavano il suggestivo arredo dell'ambiente.

Quando si era trasferito in Sardegna con Silvia, aveva lasciato nell'appartamento di Roma anche una decina di dischi. Prese dallo scaffale che conteneva i CD una compilation su cui erano incise alcune fra le più belle canzoni d'amore di Bon Jovi. Infilò il CD nel lettore dello stereo, pigiò il tasto PLAY e nell'aria iniziarono subito a diffondersi le note di *All about loving you*.

L'aveva ascoltata insieme a Silvia così tante volte...

I've lived, I've loved, I've lost, I've paid some dues, baby, we've been to hell and back again.

Si sdraiò sul divano nella speranza che suoi demoni l'abbandonassero per un po' e lo lasciassero dormire.

Ma non appena chiuse gli occhi sprazzi di quella giornata ripresero a turbinargli nella mente: l'uccisione della psicologa Rosa Lancetti, la sfida lanciata da *Orco*, l'aggressione e le minacce del Principe avvenute sotto casa.

Mentre ascoltava la canzone, però, riuscì pian piano ad allontanare quei pensieri, sostituendoli con l'immagine di Silvia. Ogni cosa di lei – il suo tocco, il suo sapore, il suo odore, il solo ricordo del suo corpo – era più potente di qualsiasi pensiero negativo. L'affetto per Silvia aveva sconfitto la voglia di abbandonarsi per sempre al naufragio.

Sul divano, in uno stato di semi coscienza, Elia sentì che i muscoli finalmente iniziavano a rilassarsi.

Prima di scivolare nel sonno, mise la mano in tasca e tirò fuori il cellulare. Aprì l'icona che conteneva le fotografie e iniziò a scorrerle. Si fermò a osservarne una in particolare. Era una vecchia foto di Silvia, ritratta mentre faceva una smorfia il giorno del giuramento da avvocato. Era una delle prime foto che gli aveva dato, ma solo dopo che lui l'aveva implorata. Elia amava guardare Silvia con indosso la toga. In verità, amava guardarla sempre, anche solo camminare per la casa. Quando, alla fine, lei aveva ceduto e gli aveva dato la fotografia, lui l'aveva subito salvata nella memoria del proprio telefono. Poi l'aveva studiata per ore, cercando di scoprire cosa l'attraesse di preciso in quell'immagine. Ma non era un singolo dettaglio, oppure una caratteristica del corpo. Era semplicemente Silvia: la cosa più bella che avesse mai visto.

Osservò ancora una volta il ritratto, sfiorando delicatamente con le dita le sue labbra.

Mentre si perdeva tra i ricordi della loro vita insieme, fu pervaso da un momentaneo senso di pace.

La storia di *Orco* l'aveva allontanato da lei e dalla loro nuova vita in Sardegna.

Un motivo in più per fermare al più presto, e una volta per tutte, quell'assassino.

25

Alle otto del mattino Tolfa era già nella sala operativa della UACV. L'idea di convocare tutti quegli agenti nel tentativo di creare una task force per catturare *Orco* era stata davvero pessima.

L'aveva capito sin dall'inizio e forse avrebbe fatto meglio a dar retta al suo istinto piuttosto che ai suoi superiori. In realtà non era neanche colpa loro: stavano solo ubbidendo a ordini che arrivavano dall'alto.

Da due grandi vetrate filtravano i primi raggi di sole che avrebbero scaldato quella giornata di fine marzo.

Il vice commissario Claudia Del Re entrò nella sala e si avvicinò a Tolfa. Gli posò una mano sulla spalla e poi si sedette sulla poltroncina davanti a lui. Gli sorrise, restando in silenzio, e Tolfa lo apprezzò.

Claudia gli piaceva. Era una poliziotta in gamba e un'abile investigatrice.

Nonostante lavorasse da tempo nei ranghi della UACV, restava, in fondo, una detective solitaria. Era meticolosa e coglieva ogni dettaglio sulle scene del crimine. Indagava calandosi nell'atmosfera del delitto e nei pensieri dell'assassino, riuscendo a tenere questa dimensione ben separata dalla sua vita privata.

Era anche una donna molto graziosa, con labbra vermiglie perfettamente incastonate su un viso elegante e con lunghi capelli neri sciolti sulle spalle.

«Sembri una ragazzina», disse Tolfa.

«Non direi, Pietro. Non sono più una ragazzina da almeno vent'anni.»

Sorrisero entrambi.

«Ho saputo che la riunione non è andata bene e che *Orco* ha ucciso di nuovo. Immagino sia per questo che mi hai voluta sul caso» proseguì Claudia, andando subito al sodo e confermandosi donna molto concreta.

In quel preciso istante un'altra persona fece il suo ingresso nella sala operativa della UACV. Claudia comprese appieno il perché della sua convocazione quando vide chi era.

Elia Preziosi.

Da qualche giorno, nell'Unità, si raccontava che le alte sfere stessero facendo pressioni per rendere Preziosi nuovamente operativo, ma lei, più di tanto, non aveva dato conto a queste voci.

Fu Tolfa a parlare.

«Sono felice che tu sia arrivata, Claudia, anche se mi spiace averti strappata alle tue indagini così, quasi senza preavviso.»

«Certo, Pietro» Come se avesse avuto scelta.

Gli occhi di Claudia incrociarono allora lo sguardo di Preziosi.

Dai, Elia, pensò lei. *Non è passato poi così tanto tempo*. Non provava né rabbia né di disprezzo. Claudia aveva solo capito come Elia viaggiasse su un piano dell'esistenza diverso rispetto a quello di tutti gli altri.

«Ciao Claudia», disse lui, neutro.

Lei si affannò per un attimo alla ricerca di qualcosa da dire, ma ci rinunciò e cercò di concentrarsi sul caso.

L'ultima volta che aveva visto Elia, dopo i tragici fatti di Roma, lui era stato categorico: non sarebbe mai tornato a occuparsi di delitti. Aveva chiuso. Invece adesso, all'improvviso, era di nuovo coinvolto. Com'era potuto accadere? E come aveva fatto Tolfa a passare da: "È assolutamente escluso un ritorno sul campo di Preziosi" a "Oh, Claudia, ti ricordi di Elia, vero?".

Il vice commissario Del Re scelse al momento di non pensarci, decidendo che avrebbe risposto a quella domanda più tardi.

26

«In questa maledetta storia non riusciamo ancora a trovare uno straccio di indizio.»

Pietro Tolfa si alzò e rimase in piedi, quasi fosse indeciso su che epilogo dare a quel suo scatto di nervi. Aveva le maniche della camicia ripiegate e il colletto slacciato. La cravatta era una macchia azzurra sulla giacca scura gettata sullo schienale della sedia.

Si passò una mano fra i capelli e scrutò l'uomo e la donna che erano seduti in silenzio davanti a lui.

Tornò a sedersi con un'espressione sconfortata.

«Scusate, ma sono un poco nervoso e ho il ministro Fineschi alle costole.»

Elia e Claudia non dissero nulla. Comprendevano benissimo la frustrazione del direttore della UACV e sapevano che non era per gli scricchiolii alla sua poltrona, ma per l'impossibilità di reagire in un modo qualunque alla minaccia che stavano fronteggiando.

Tolfa continuò.

«Questa mattina è stata identificata la vittima del

filmato che ci ha inviato *Orco*. La donna era Francesca Santini, una pediatra apprezzata e conosciuta. L'assassino si è introdotto in casa, probabilmente approfittando della confusione durante il party che la Santini aveva organizzato lo scorso sabato per il suo compleanno. Il lunedì non si è presentata né in ospedale, dove aveva in programma diverse visite, né allo studio privato. I suoi collaboratori hanno tentato invano di contattarla, poi questa mattina la domestica ha scoperto il cadavere. Gli agenti della scientifica stanno procedendo alle indagini di rito all'interno dell'appartamento. La territoriale, invece, sta già interrogando gli altri medici dello studio e passando al setaccio le liste dei piccoli pazienti e delle loro famiglie. Magari può saltar fuori qualcosa di utile, anche se ne dubito.»

Tolfa allontanò la sedia dal tavolo per essere più comodo. Aveva gli occhi cerchiati. Guardandolo Elia si rese conto che non doveva aver dormito molto da quando quella storia era iniziata.

«Fino ad oggi le vittime sono sei, uomini e donne, niente che apparentemente le colleghi l'una all'altra. Ma sappiamo anche che nove volte su dieci le vittime conoscono il proprio assassino. Gli omicidi sono stati commessi nell'arco di sette anni. Sui luoghi del delitto non è mai stato trovato o repertato nulla che si sia rivelato utile alle indagini e i messaggi che ha inviato *Orco* non sembrano avere senso, se non quello di schernire le forze dell'ordine.»

Elia fece finalmente sentire la sua voce mentre si alzava dalla sedia.

«Ovviamente non è casuale che questo seriale abbia chiesto che fossi io a occuparmi delle indagini. Ma perché? Nella mia carriera di pubblico ministero ho seguito centinaia di casi e fatto condannare altrettanti imputati. Anche considerando che *Orco* sia qualcuno di essi, ed escludendo quelli che dal momento della condanna si trovano oggi ancora in carcere, senza ulteriori elementi è impossibile identificare chi possa essere. E in ogni caso non si spiegherebbero i sei omicidi in sette anni. Riflettiamo, le ultime due vittime erano una psicologa e una pediatra. Mondi diversi, professioni diverse. Se *Orco* non è completamente pazzo, queste donne devono avere qualcosa in comune. Così come ci deve essere un fatto che lega tra loro le sei persone uccise.»

«Ma l'assassino potrebbe anche essere un esaltato», intervenne Claudia, «un folle che si è fissato con Elia, magari in seguito alla grande rilevanza mediatica che ebbe l'indagine sul killer degli organi.»

«Questa teoria è attendibile, ma non mi convince del tutto» riprese Preziosi. «Quella categoria di psicopatici ama in genere la pubblicità, vuole che il suo operato sia conosciuto dai media per avere la gratificazione che cerca. Nel nostro caso non c'è il minimo accenno a violare il riserbo che finora è stato mantenuto sulle modalità dei delitti.»

«Ciò che mi manda in bestia – sbraitò Tolfa – è che mentre noi siamo qui a scervellarci lì fuori c'è un maledetto assassino che sta progettando un nuovo omicidio.»

«La chiave di tutto è nascosta proprio nella scelta delle vittime, che non è affatto casuale», disse Elia, «solo che non riesco a capire quale possa essere il criterio di questa scelta.»

Iniziò quindi a camminare per la stanza, immerso in quel suo modo di riflettere a voce alta che Tolfa aveva imparato a riconoscere e a tenere in considerazione negli anni in cui avevano lavorato insieme.

Usando il verbo al singolare, Elia si era praticamente addossato la responsabilità di quel momento di stasi.

Claudia e Pietro, anche se per un solo istante, gli furono grati per questo.

27

Preziosi si voltò verso Claudia.

Quando era ancora un pubblico ministero, Elia aveva assunto per lei il ruolo di mentore.

Claudia sapeva quanto potesse essere logorante far parte della UACV e così aveva deciso che per ogni consiglio tecnico o investigativo si sarebbe rivolta a uno dei migliori giuristi e conoscitori della psicologia criminale. Poche settimane dopo il suo ingresso nell'Unità già si era resa conto come Preziosi non fosse uno dei migliori: era "il migliore". Lui le aveva insegnato molto e lei desiderava ardentemente che continuasse a farlo, anche adesso.

«Ragioniamo», disse Elia, «cosa sappiamo sulle vittime di *Orco*?»

«Ho passato in rassegna tutti i suoi omicidi a partire dal primo, nel 2008. Fino ad oggi sembrano senza una logica, spesso lontani l'uno dall'altro. Come se scegliesse le vittime a caso.»

«E adesso?»

«Adesso abbiamo forse qualche nuovo elemento al riguardo e mi balzano agli occhi alcuni piccoli dettagli.»

«Quali, per esempio?» domandò Elia.

«Penso in particolare al modus operandi. *Orco* ha sempre ucciso senza prediligere un particolare rituale, ma adesso sembra caratterizzato da una maggiore frenesia. E poi c'è il biglietto che ti ha lasciato, dove diceva che non gli restava più molto tempo... ma per fare cosa?»

«Torniamo alle vittime. Francesca Santini era un medico di successo, a lei è stata recisa la giugulare. Rosa Lancetti era una nota psicologa, *Orco* le ha sparato in testa. Le altre quattro di cosa si occupavano? E come furono uccise?»

«Dunque» – rispose Claudia – «la prima fu una giornalista. *Orco* le squartò l'addome con un coltello, l'omicidio avvenne in un centro commerciale. Poi venne ucciso un sacerdote, bruciato vivo nel suo appartamento. Poi fu il turno del gestore di una casa famiglia e di un'assistente sociale. Queste ultime due vittime furono rapite e ritrovate cadaveri alcuni giorni dopo, il primo abbandonato davanti a una discarica e la seconda gettata in un bosco. Per entrambe la causa della morte fu un colpo di pistola al cuore. Sui corpi di nessuna delle sei vittime sono stati riscontrati segni di abuso sessuale.»

Preziosi nel frattempo continuava a camminare per

la stanza, mentre Tolfa, seduto al suo posto, tamburellava nervosamente sul tavolo con le dita.

D'un tratto Elia si fermò, guardando Claudia e Pietro come se solo in quel momento si fosse accorto della loro presenza nella stanza.

«E se a guidarlo fosse una sorta di morale?»

Tolfa socchiuse gli occhi.

«Sulla base di cosa formuli questa ipotesi?», chiese titubante.

«Pensateci bene. Cosa fa l'uomo che cerchiamo? Uccidendo, che bisogni soddisfa? Il desiderio nasce da ciò che vediamo ogni giorno. Il gestore della casa famiglia potrebbe evocare le vicende dei figli ingiustamente tolti ai genitori naturali; lo stesso può dirsi per l'assistente sociale; il sacerdote potrebbe richiamare i tanti mali della Chiesa, come ad esempio la pedofilia; la giornalista, infine, potrebbe essere considerata come l'emblema del quarto e corrotto potere dello Stato.»

«D'accordo. Ma perché uccidere una pediatra e una psicologa? Inoltre quegli uomini e quelle donne non erano stati accusati di nulla», lo interruppe Claudia. «Se fosse come dici tu, le uccisioni sarebbero fuori luogo.»

«Forse non sono le colpe reali che interessano a *Orco*. Le vittime potrebbero essere simboliche o sacrificali, rappresentative di certe categorie. Ucciderne uno per educarne mille.»

Claudia si rese conto di quanto le fossero mancati quegli scambi di vedute. Due menti complementari all'opera, per catturare un feroce assassino. Lei avvertiva forte la vicinanza con Elia e aveva l'impressione di conoscerlo meglio di chiunque altro.

E questo spiegava in gran parte ciò che alla fine era successo tra loro.

PARTE SECONDA

Spesso commette ingiustizia non solo colui che fa qualcosa, ma anche colui che non la fa.
(Marco Aurelio)

28

Il deputato Leonardo Capriotti era furioso.

«Che cazzo stai dicendo?»

Il tono di voce era altezzoso ed arrogante. Davanti al lavandino del bagno padronale, il deputato era fasciato in un accappatoio bianco e aveva ancora sul viso dei residui di schiuma da barba. La lama aperta del rasoio possedeva un allegro luccicore, sospesa a mezz'aria vicino al collo.

Si ripulì con un asciugamano e fronteggiò per un istante il suo interlocutore, rimasto fermo sulla porta del bagno. L'oltrepassò, quasi come non esistesse, e si diresse verso il salotto. Prese sul tavolo un pacchetto di Marlboro e nervosamente ne accese una. Sembrava che con quel gesto volesse in realtà dar fuoco al mondo. Si avvicinò alla finestra e rimase di spalle a divorare la sua sigaretta. Fuori dai vetri, nel cielo sopra Roma, nubi da temporale primaverile si stavano addensando minacciose.

Fabrizio Orrioni, titolare dello studio di consulenza finanziaria e commerciale che portava il suo nome, sospirò assumendo l'espressione di chi da troppo tempo è esposto ai capricci e al linguaggio triviale dell'uomo che aveva davanti.

Tuttavia si limitò a sistemarsi sul divano e attese pazientemente che anche quell'ennesimo attacco d'ira terminasse. Quando ritenne di aver concesso all'uomo un tempo ragionevole per riprendersi, continuò il discorso che il turpiloquio aveva interrotto.

«Le sto dicendo esattamente quello che ha capito, onorevole Capriotti. La legislatura volge ormai al termine e lei, a meno di una sua improbabile rielezione, non ha più un euro. O quasi. Consideri inoltre che lei è stato condannato per evasione fiscale e che se la sentenza venisse confermata dalla Corte di cassazione ne conseguirebbe la decadenza dalla carica di parlamentare.»

«Ma com'è possibile, razza di coglione?»

Orrioni indicò con una mano la borsa di pelle che teneva sulle ginocchia.

«I rendiconti sono tutti qui. I documenti delle varie operazioni sono stati tutti firmati da lei e in alcuni casi, se ricorda bene, le ho anche richiesto un formale scarico di responsabilità per certi suoi investimenti, come dire, non proprio ortodossi sotto l'aspetto finanziario.»

Leonardo Capriotti spense la sigaretta nel posacenere con l'accanimento che avrebbe volentieri applicato nello schiacciare il commercialista che aveva davanti.

«E se fossi stato proprio tu a imbrogliarmi in questi anni?»

Luigi Orrioni sospirò di nuovo.

«Onorevole Capriotti, farò finta di non aver sentito ciò che mi ha appena detto. Ho sopportato per anni il suo atteggiamento irragionevole e il suo linguaggio da trivio, ma non posso tollerare alcuna insinuazione sulle modalità dell'operato del mio studio.»

Essendo un esperto professionista, nonché uomo di mondo, sapeva bene che dal momento in cui la capacità finanziaria della persona che aveva davanti era praticamente azzerata, poteva permettersi di scaricarla senza tante smancerie.

Capriotti si appoggiò con le spalle al muro. Per un istante apparve sconfitto, umiliato e consapevole delle scelte sbagliate che aveva commesso.

«Quanto denaro mi resta?»

Il commercialista riprese in mano le redini della conversazione.

«Ci sono ancora alcuni debiti da saldare con le banche e se vendiamo i quadri d'autore presenti qui dentro, ritengo che a lei possa rimanere questo appartamento oltre all'eventuale pensione da parlamentare. Credo tuttavia di poter affermare, alla luce di quanto sin qui emerso, come questa sia una casa che lei non può più permettersi.»

I nervi di Leonardo Capriotti saltarono definitivamente e i lineamenti del suo viso si deformarono per la collera.

«Questa è casa mia e non me ne andrò mai da qui, lo capisci? Mai!»

Orrioni sollevò il braccio e controllò l'ora sul suo elegante Tissot, evitando così di incrociare lo sguardo di quegli occhi iniettati di sangue.

«Io sì, invece, devo. Penso che lei abbia necessità di restare un po' da solo e riflettere su quanto le ho appena comunicato. Buonasera, onorevole Capriotti.»

Il commercialista si alzò e si diresse verso l'uscita. Non si sentiva responsabile per il tracollo finanziario del parlamentare, che nonostante i suoi consigli era stato un fulgido esempio di autodistruzione. Piuttosto si sentiva sconcertato per il vuoto assoluto che ancora una volta si era trovato di fronte.

Guardandolo andar via, Capriotti si sentì perduto.

Per la prima volta nella sua vita percepì che non era lui a dominare il mondo, ma era l'ombra del mondo a incombere su di lui.

29

Rimasto solo in casa, iniziò a camminare torcendosi le mani. L'unica immagine che aveva davanti agli occhi era l'espressione fossilizzata di Luigi Orrioni.

Parlava da solo, a bassa voce, come se stesse snocciolando un rosario, ma le sue erano preghiere di maledizione.

Aveva sempre odiato quel commercialista, sin da quando se l'era trovato di fianco all'apertura del testamento di sua madre. Maledetta pure lei per l'eternità. Se la vedeva ancora davanti, con i suoi soldi, il suo impero finanziario e la sua patetica pretesa di essere una genitrice modello.

In preda a una sorta di delirio paranoico, iniziò a rivolgersi alla figura della madre.

«Ehi, mamma, riesci a sentirmi? Spero con tutto il cuore che tu stia bruciando all'inferno.»

Alzò la testa verso il soffitto per poi abbandonarsi sul grande divano in pelle posizionato al centro del salone. Nella sua mente iniziarono a scorrere, come in un film, le sequenze di ciò che era avvenuto molti anni prima.

Suo padre se n'era andato quando lui era poco più che un bambino. Di lui ricordava solo la puzza di sigaretta, di sudore rancido e di bourbon.

La madre, dal canto suo, si era rivelata sin dall'inizio una figura assente e distratta. Quasi sempre fuori casa, dedicava la vita agli affari e ai tanti uomini che si avvicendavano nel suo letto. Leonardo, di fatto, aveva trascorso l'infanzia e l'adolescenza fra tate, nonni e donne di servizio.

Aveva da poco compiuto trent'anni, quando sua madre venne colpita da un'emorragia cerebrale. Era stato ricoverata d'urgenza e sottoposta a un delicato intervento chirurgico. Quando fu considerata fuori pericolo, nonostante l'emiplegia che gli aveva paralizzato la parte destra del corpo, decise di trascorrere il periodo di convalescenza e riabilitazione nella casa di famiglia. Ovviamente, l'abitazione fu trasformata in una piccola clinica privata, con un plotone di infermieri e assistenti sanitari che l'accudivano ventiquattro ore su ventiquattro.

Leonardo all'inizio visse con indifferenza la malattia della madre.

Ben presto, tuttavia, la figura di quella donna un tempo così boriosa e adesso ridotta a una specie di larva cominciò a procurargli una certa repulsione. Non l'aveva mai amata, ma ora quell'essere che vegetava sdraiata sopra un letto con la bava che le colava dalla bocca lo disgustava profondamente.

L'idea gli venne così, senza porsi il benché minimo scrupolo morale. Gli sembrò un fatto normale, la soluzione più ovvia per risolvere una volta per tutte i suoi problemi.

Nel giro di qualche giorno finse di trasformarsi in un figlio devoto e apprensivo. Con la scusa di assistere personalmente sua madre, iniziò sempre più spesso a dare il cambio agli infermieri. Si tratteneva nella stanza per diversi minuti. Osservava quella donna che nella sua menomazione veniva alimentata dalle flebo, senza provare per lei alcun sentimento di pietà o compassione.

Una sera come tante, mentre era da solo con sua madre, estrasse dalla tasca una siringa.

Iniettò il cloruro di potassio direttamente nella cannula della flebo.

Guardò gli occhi di sua madre spalancarsi.

Lesse nel suo volto deformato la paura della morte.

Poi uscì dalla stanza, accostando con delicatezza la porta.

«Sta riposando», sussurrò all'infermiere seduto fuori con in mano un quotidiano sportivo.

Il sanitario scambiò il sorriso di Leonardo per quello di un figlio amorevole, senza sapere che invece era quello di un uomo che finalmente si sentiva libero.

30

La minaccia del temporale divenne ben presto un acquazzone che si rovesciò sulle strade di Roma, trasformando ogni colore della città in malinconiche tonalità di grigio.

Leonardo Capriotti ascoltava gli scrosci della pioggia battente mentre cercava di trovare una soluzione a quello che ormai sembrava un vicolo cieco.

Il grande e lussuoso appartamento che da generazioni era di proprietà della sua famiglia gli apparve all'improvviso come una prigione.

Sentì, impellente, il bisogno di uscire di casa.

Prese le chiavi della Jaguar XF e scese nel garage.

L'automobile apparteneva ad una delle sue società cartiere, ovviamente intestata a un prestanome, che nonostante le indagini e i processi in corso non era stata ancora pignorata.

Salì a bordo, mise in moto e dopo pochi minuti la lussuosa berlina guadagnò il suo posto tra le macchine in fila nel traffico congestionato.

All'imbrunire di quel giorno piovoso si accesero le luci dei lampioni e Roma iniziò a prepararsi alla sua lotta contro il buio.

Quando aveva bisogno di riflettere Leonardo Capriotti arrivava in auto fino al mare di Ostia e lì, a volte, rimaneva per ore, perdendosi tra i pensieri e le contraddizioni della sua pericolante vicenda umana e finanziaria.

Dopo circa un'ora giunse nel parcheggio vicino al lungomare e da cui, durante il giorno, si poteva scorgere il bianco spumeggiare dei flutti che si infrangevano sugli scogli.

La piazzola era deserta e l'unica luce accesa era quella di un chiosco di panini distante un centinaio di metri.

Capriotti scese dall'auto, attivò la chiusura elettronica delle portiere e per un secondo l'oscurità venne squarciata dal lampeggio delle quattro frecce.

Iniziò quindi a incamminarsi verso la spiaggia, senza accorgersi della figura che con passo deciso si avvicinava alle sue spalle.

Il colpo alla testa arrivò violento, facendogli perdere i sensi.

Subito dopo venne spinto nel portabagagli della sua Jaguar XF.

Un uomo vestito con una blusa di tela nera e con dei pantaloni da lavoro dello stesso colore si mise al volante.

Lentamente, a fari spenti, l'auto si allontanò dal parcheggio e venne inghiottita dall'oscurità della notte.

31

Quando Leonardo Capriotti riprese conoscenza era confuso e aveva un fortissimo dolore alla testa. Raggomitolato nel bagagliaio, avvertiva un odore pungente di gasolio e di umidità.

Non sapeva quanto tempo fosse trascorso. Lo sballottamento per una brusca curva gli fece comprendere come il suo corpo fosse intorpidito e pesante.

Chi era stato ad aggredirlo? Cosa voleva da lui? E dopo averlo colpito, lo aveva anche drogato?

Provò a urlare, ma emise solo un gemito strozzato.

I pensieri più strani iniziarono a offuscargli la mente, sommergendolo di terrore e impotenza allo stato puro.

Il guidatore, nel frattempo, proseguiva nella sua marcia con velocità moderata e Capriotti pensò come la strada che stavano percorrendo fosse interminabile.

Poi l'auto si fermò.

Capriotti sentì lo scatto della portiera anteriore che si apriva e poco dopo la ventata fresca per l'apertura del portabagagli.

L'aria sapeva di acqua e di alberi.

Realizzò che dovevano trovarsi in qualche posto affacciato, forse, su un fiume. Nel suo campo visivo apparve l'uomo vestito di nero.

Aveva il volto coperto da un'orribile maschera che raffigurava un volto scuoiato.

Capriotti fu preso dal panico.

«Sono un deputato», riuscì a dire, «sicuramente mi staranno cercando. Lasciami andare, non racconterò niente, ti darò dei soldi...»

L'aggressore sembrò non ascoltarlo e rimase in silenzio. Poi lo afferrò con le mani coperte da guanti neri e lo fece mettere seduto. Capriotti riuscì a tirar fuori dal bagagliaio le gambe, che cominciarono a penzolare nel vuoto come quelle di un pupazzo.

Fu allora che si guardò intorno e capì che si trovava sulla riva del Tevere.

Ammutolito dalla paura, vide il suo mostruoso aggressore estrarre dalla tasca un rotolo di nastro adesivo e un taglierino.

«Le piace il Tevere, onorevole Capriotti?» chiese il mostro lasciando attonito il suo prigioniero. «Nei giorni di sole si può osservare il passaggio di cormorani in cielo e di tartarughe, nutrie e anguille sotto il pelo dell'acqua. Ma apprezzo questo posto anche per altre ragioni, ormai è un lungo habitat di nascondigli e giacigli. Se avessi il tempo potrei scomparire fra le rive del fiume per dieci o vent'anni, senza che nessuno sappia dove sono finito. E rimarrei qui a vegliare. Come un angelo.»

Capriotti rimase interdetto dinanzi a quelle frasi apparentemente sconnesse pronunciate dal suo aggressore.

In quella semioscurità di chiarori lontani, con il rumore impetuoso delle acque del Tevere, la lama trovò luce a sufficienza per uno scintillio minaccioso.

L'uomo vestito di nero applicò un pezzo di nastro sulla bocca di Capriotti e nello stesso modo gli immobilizzò le caviglie e le mani.

Subito dopo lo scaraventò di nuovo nel baule dell'auto, sollevandogli le gambe e spingendogli la testa all'interno di quel vano oscuro.

La luce di una torcia elettrica lo abbagliò, portando la sua mente nel luogo misterioso dove nascono tutti gli incubi che la follia degli uomini fa diventare reali.

Si orinò addosso.

Il mostro rimase impassibile alla vista della macchia che iniziò a spandersi sui pantaloni.

Con gesti rapidi e precisi l'aggressore cominciò a tagliare gli abiti che indossava il prigioniero.

Ogni volta che la lama sfiorava il suo corpo, Capriotti tremava in modo scomposto.

Iniziò a piangere, ma le sue lacrime vennero accolte con indifferenza.

Un istante dopo provò il dolore acuto del taglierino che gli incideva le carni, tracciando sul suo corpo assurde geometrie.

Quando rimase nudo nella pozza della sua urina e del suo sangue, illuminato dall'anonima luce della torcia, pensò che l'aggressore l'avrebbe ucciso e gettato nel fiume.

Invece l'uomo chiuse la portiera del bagagliaio, aggiungendo buio al buio.

L'avviamento del motore gli confermò che quella era stata solo una sosta e non la destinazione finale.

Riusciva ancora a formulare pensieri, anche se erano incompleti o incoerenti. Parole e immagini assurde gli fluttuavano per la testa, come frammenti colorati di vetro in un caleidoscopio. Quando la lucidità si affievoliva, iniziava a sentire, quasi seducente, il richiamo della morte. Forse avrebbe dovuto lasciarsi andare, prima di scoprire cosa avesse in serbo per lui l'aggressore. Sarebbe stato molto più semplice.

Il mostro l'aveva posizionato con i gomiti piegati, le mani vicino al mento, come in preghiera.

Preghiera. Sì, aveva iniziato anche a pregare, ma sembrava che nessuno potesse arrivare per salvarlo.

La Jaguar si rimise in movimento, lasciando Capriotti in compagnia dello sgomento e del rumore dei suoi denti che ormai battevano a un ritmo incontrollabile.

32

Capriotti sentì la macchina fermarsi di colpo, con un sobbalzo.

Udì la portiera che si apriva e poi un rumore simile a quello della catena di un'ancora che scorre prima di finire nell'acqua.

Seguì il suono sinistro del cigolio di un cancello che si apriva su cardini mai oliati.

Ancora la portiera chiusa e ancora movimento, con l'auto che percorreva lentamente una strada dal fondo sconnesso.

Dopo un breve tragitto la Jaguar si arrestò e il motore venne spento. Capriotti sentì nuovamente il rumore della portiera e subito dopo, quello di passi sulla ghiaia.

Ad ogni passo corrispondeva, inesorabile, un tuffo al cuore.

Il cofano del bagagliaio si spalancò e la luce della torcia, questa volta puntata verso il basso, gli fece intravedere la sagoma dell'uomo mascherato che lo aveva rinchiuso in quella piccola prigione.

Tutti i rumori dall'esterno gli arrivavano ormai soltanto attraverso il filtro delle pulsazioni che sentiva nelle orecchie.

In condizioni normali avrebbe iniziato a respirare profondamente dalla bocca, ma in quel frangente, con il nastro adesivo che glielo impediva, aveva solo il canale delle narici per succhiare con avidità l'aria che gli serviva per sopravvivere.

Il fiato si fece corto, senza riuscire a convogliare nei polmoni il necessario carico di ossigeno. Il sudore cominciò a colargli dalla fronte, raggiungendo gli occhi. Cercò di sollevare le braccia per asciugarsi il viso, ma la posizione in cui si trovava e il nastro adesivo che gli serrava i polsi non glielo permisero.

L'uomo vestito di nero posò la torcia, si chinò su di lui e lo afferrò da sotto le ascelle. Nel compiere questo movimento una manica della blusa rimase impigliata nella cerniera del portabagagli, scoprendogli l'avambraccio.

Fu allora che Capriotti vide il tatuaggio.

Rappresentava il volto di Cristo con una spada a doppio taglio che gli fuoriusciva dalla bocca.

Conosceva quel tatuaggio e ricordava la persona che lo portava.

Iniziò a mugolare e a scalciare in modo forsennato, mentre sentiva il cuore che stava esplodendogli nel petto.

In quell'istante, da un punto imprecisato del luogo nel quale si trovavano, giunsero delle voci.

33

«Che sta succedendo qui? Fermo dove sei!»

Capriotti capì che alcune persone, con passo celere, stavano avvicinandosi all'auto.

Subito dopo sentì i passi del suo sequestratore che si allontanavano.

Di fianco alla Jaguar sfilarono uomini che correvano veloci.

L'eco dei passi si fece progressivamente più debole fino a svanire del tutto.

Capriotti si rannicchiò, puntò le ginocchia e con la testa aprì il bagagliaio rimasto socchiuso. Il cofano si sollevò del tutto e gli permise di osservare il posto in cui si trovava. Era vicino ad un capannone all'interno di un grande piazzale, brullo e riarso. Alla sua destra, al limite del suo sguardo, si intravedevano dei lampioni e una strada che costeggiava un confine segnato da una rete metallica. Una sola luce smorta tagliava l'oscurità, illuminando i contorni degli edifici che ospitavano attrezzature da manutenzione: trattori, mietitrici e arnesi vari.

Doveva fare qualcosa, raccogliendo tutta la volontà e la vita rimasta. Doveva formulare un pensiero coerente ed essere in grado di tenerlo stretto almeno per un istante. Doveva combattere il dolore per trovare la forza fisica di realizzare quel pensiero.

Tutto sembrava così difficile, ma voleva vivere. Dentro di sé il fuoco della vita si era ridotto a cenere ardente, ma non gli avrebbe consentito di spegnersi senza provare a combattere.

Nel tentativo di conservare quel pensiero provò una fitta di dolore alla testa. Il suo corpo protestava e sembrava opporre resistenza a ogni segnale di movimento.

Riuscì a girarsi e a mettersi seduto.

Sollevò le mani legate e strappò il nastro adesivo dalla bocca.

La fame d'aria venne finalmente saziata.

Con uno sforzo che gli parve sovrumano uscì da quel piccolo vano maleodorante e pieno di fluidi corporei.

Cadde a terra.

Portò le mani all'altezza delle caviglie e tolse il nastro adesivo anche da lì.

Si rese conto che le ferite che il mostro gli aveva inflitte poco prima con il taglierino continuavano a sanguinare, ma non erano molto profonde.

Si alzò e con le mani ancora legate iniziò a camminare, barcollando, verso quelle luci lontane che in quel momento rappresentavano la sola speranza di sopravvivere.

Rivide come in un flash il tatuaggio del Cristo sull'avambraccio del suo aggressore.

Capriotti sapeva chi era quell'uomo e non aveva dimenticato il motivo per il quale si erano incontrati tempo prima.

Si aggrappò alla vita con tutte le forze che gli erano rimaste e iniziò a correre verso le luci, lasciandosi alle spalle i vestiti sporchi e stracciati che testimoniavano la sua inutile esistenza.

34

I nomi di Paolo Zenchi e Andrea Valenza non avrebbero detto nulla alla maggior parte dei cittadini romani.

Eppure erano due carabinieri che nella Capitale combattevano in prima linea contro la criminalità e avevano dato un forte contributo in alcuni dei fatti di cronaca più importanti: dal sequestro Bulgari alla scomparsa di Emanuela Orlandi, dall'arresto di Johnny Lo Zingaro all'omicidio Pisnoli. Erano veterani, insomma.

A pochi anni dal meritato congedo, avevano visto di tutto. La loro era stata una vita di indagini, quelle di una volta, fatte di pedinamenti e interrogatori, di appostamenti e corse dietro ai malviventi. Una vita trascorsa in uniforme dalla parte dei deboli e delle vittime dei reati.

A bordo dell'auto civetta stavano rientrando da un'operazione antiracket che aveva coinvolto decine di militari dell'Arma e che proprio quella sera si era conclusa con l'arresto di tre pericolosi latitanti e con il sequestro di un'ingente somma di denaro contante.

La Fiat Punto prese la via Prenestina e piegò a sinistra, lasciandosi alle spalle un vecchio deposito di autobus.

A quell'ora in giro non c'era quasi nessuno.

Le insegne dei negozi erano spente e le saracinesche abbassate.

Il centro di Roma, con il gioioso e colorato fluire di turisti, era lontano quel tanto che bastava per farlo sembrare un posto immaginario.

Il brigadiere Valenza, ormai vicino ai sessant'anni, era alla guida dell'auto e il maresciallo Zenchi, poco più anziano di lui, sedeva al suo fianco.

Erano entrambi sbirri d'altri tempi.

Avevano dovuto adattarsi, loro malgrado, alle nuove metodologie investigative basate quasi esclusivamente sulla "scienza" a discapito dell'indagine di stampo tradizionale.

Da quando infatti il DNA permise di incastrare il serial killer Donato Bilancia si era diffusa la convinzione che per risolvere qualsiasi delitto fosse sufficiente chiamare il RIS, il reparto di investigazione scientifica dei carabinieri. La realtà delle cose aveva però dimostrato come non fosse affatto così. I tempi della maggior parte delle analisi si rivelavano troppo lunghi, i laboratori erano sommersi di campioni da esaminare e le risorse delle forze dell'ordine erano limitate. La scientifica avrebbe semmai dovuto funzionare da supporto alla territoriale, non potendo intervenire ovunque e non potendo condurre da sola le inchieste. Anche l'atto investigativo per eccellenza, ossia la raccolta di informazioni, era ormai stato travolto dalla "panacea scientifica". I pilastri erano infatti le intercettazioni e i tabulati telefonici, che avevano quasi completamente sostituito il mestiere e la sapienza dei vecchi segugi.

Zenchi e Valenza, passata ormai l'adrenalina per la conclusione dell'operazione, erano rilassati, chiacchieravano del più e del meno e scambiavano battute divertenti. Erano affiatati, contenti della loro vita e di quello che facevano. Non c'era nessun motivo valido per non scherzare tra loro.

Tuttavia, il motivo valido non tardò a presentarsi.

La radio di servizio iniziò a strepitare e un istante dopo emise il comunicato: "Alle auto di pattuglia, è stata segnalata una violazione di domicilio in via dei Ghirari, 24. Si tratta di un magazzino tra la Prenestina e via Palmiro Togliatti, il malvivente è stato messo in fuga dai proprietari che riferiscono come l'uomo indossasse abiti scuri e una maschera in volto".

I due sottufficiali sospirarono quasi all'unisono.

Anche se il loro turno di lavoro era finito, sapevano che avrebbe prevalso lo spirito di servizio.

Fu Paolo Zenchi a parlare.

«È a un passo da qui. Che facciamo? Andiamo a dare un'occhiata?»

Il brigadiere Valenza non se lo fece ripetere due volte, espose il lampeggiante e svoltò verso via dei Gerani facendo stridere gli pneumatici sull'asfalto.

Il breve momento di relax era passato.

C'era sempre qualcosa che prepotentemente ricordava ai due uomini cosa significasse essere carabinieri.

In meno di un minuto imboccarono via dei Ghirari e Valenza moderò la velocità.

Alcune costruzioni fatiscenti incombevano sulla strada rendendola cupa e tenebrosa.

Costeggiarono uno sfasciacarrozze dove spiccava un'inquietante montagna di scheletri d'auto che presto sarebbero stati demoliti.

«E quello chi è?», esclamò Zenchi all'improvviso.

Sentendo la voce allarmata del suo collega, Valenza arrestò la marcia.

Nella luce incerta dei lampioni, un individuo era uscito da un cancello e stava correndo verso di loro con andatura scomposta e i polsi legati. A parte alcuni brandelli di vestiti, era completamente nudo e le braccia e le gambe erano coperte di sangue. Quando l'uomo li vide, l'espressione del suo volto atterrito sembrò rasserenarsi un poco. Scivolò in ginocchio e rimase immobile con lo sguardo rivolto verso terra.

I due militari scesero dalla Fiat Punto ed estrassero la pistola dalla fondina.

«Carabinieri», gridò Zenchi.

L'uomo alzò la testa con gli occhi gonfi di lacrime.

Alla luce dei fari riuscirono finalmente a distinguere i suoi lineamenti.

«Cristo santo. È il deputato Leonardo Capriotti», esclamò Valenza, riconoscendo l'uomo e accovacciandosi accanto a lui.

Zenchi rimase in piedi con la pistola spianata a controllare i dintorni.

«Cosa è successo, onorevole?», chiese Valenza senza ottenere risposta e cercando di sorreggere il parlamentare che ormai si era abbandonato sull'asfalto.

Capriotti sentì che non riusciva più a muoversi e che il suo respiro stava trasformandosi in affanno.

Il brigadiere gli tastò il polso, avvertendo il battito di un cuore impazzito.

«Serve subito un'ambulanza.»

Zenchi indietreggiò verso l'auto civetta. Sporgendosi verso l'interno dell'abitacolo, prese la radio e richiese alla centrale operativa l'intervento dei sanitari.

In quel momento giunse sul posto anche la pattuglia dei carabinieri che aveva risposto alla richiesta d'intervento. Dalla gazzella scesero tre militari che accorsero subito in aiuto dei loro colleghi.

Capriotti incrociò lo sguardo del brigadiere Valenza.

La sua voce era un flebile soffio che usciva, leggerissimo, dalle labbra serrate.

Valenza lo sentì sussurrare delle parole, ma il volume era troppo basso per poterle decifrare.

«Cos'ha detto, onorevole? Non ho capito», esclamò chinandosi sull'uomo e accostandogli la bocca all'orecchio.

Attese per alcuni interminabili istanti, ma riuscì solo a udire il rantolo con cui la vita abbandonava il corpo di Leonardo Capriotti.

Nonostante i tanti anni di servizio, il brigadiere Andrea Valenza provava sempre una grande sensazione di vuoto quando assisteva alla morte di un uomo.

Gli passò una mano sul viso e chiuse, con dolcezza, i suoi occhi spalancati.

35

Nella sua stanza a palazzo del Viminale il ministro dell'Interno Carlo Fineschi sembrava un animale in gabbia, pronto ad azzannare chiunque si avvicinasse. Portava stampati sul viso i segni di quella che, nei comunicati stampa, viene definita "vibrante preoccupazione".

Tolfa e Preziosi, convocati per le quindici in punto, si erano presentati in perfetto orario.

Appena entrati nella stanza avevano riconosciuto, in piedi e alle spalle del ministro, l'energumeno palestrato e vestito con un completo gessato grigio che sosteneva di chiamarsi Sanchez.

Elia osservò Fineschi con attenzione. Non aveva un bell'aspetto. Certo, era la prima volta che lo vedeva di persona, ma non occorreva conoscere qualcuno per capire che ha avuto una pessima giornata. La camicia di cotone azzurro sembrava avesse assorbito litri di sudore. Gli occhi, arrossati e cerchiati di nero, si muovevano velocemente sbattendo in continuazione le palpebre, come per un tic nervoso. I capelli erano unti e un poco spettinati.

A giudicare dai mozziconi di sigaretta spenti nel posacenere, Fineschi doveva aver fumato parecchio in quelle ore.

Il ministro deglutì e si schiarì la voce.

«Guardate stamattina cosa è arrivato via email», disse girando lo schermo del computer verso Tolfa e Preziosi, che erano seduti dall'altra parte della scrivania.

«I tecnici stanno tentando di risalire al mittente», aggiunse, «ma sembra che il bastardo riesca a nascondersi nel web come una moneta in fondo all'oceano.»

Fineschi pigiò il tasto del mouse e la riproduzione del video partì.

In primo piano, davanti all'obiettivo, apparve l'immagine di un cranio senza pelle.

L'unico dettaglio umano percepibile erano gli occhi azzurri che spiccavano dagli appositi fori della maschera.

Dietro di lui soltanto un'anonima parete bianca.

Il mostro iniziò a parlare.

Il suo tono era pacato.

«Buongiorno, signor ministro. In questa occasione, considerata l'importanza dell'avvenimento, ho ritenuto opportuno informarla direttamente. Mi auguro che, in seconda battuta, farà assistere alla visione di questo filmato anche i suoi sottoposti. Un uccellino mi ha detto che anche il dottor Elia Preziosi, eroico ex pubblico ministero, si è unito all'allegra compagnia. Ieri sera c'è stato un piccolo imprevisto. Poteva capitare, prima o poi. Ma sono comunque soddisfatto. L'onorevole Leonardo Capriotti ha avuto ciò che meritava. Come tutti gli altri, del resto. È stata quasi una fortuna che il porco sia riuscito a scappare, in questo modo l'agonia è stata forse maggiore rispetto a quella che gli avrei procurato io. Ah, dimenticavo, spero abbiate gradito anche il video con cui ho immortalato il party a casa della pediatra Francesca Santini. Ora il gioco è di nuovo in mano vostra, signori. Chi sarà la prossima vittima?»

Il video si concluse con quella domanda agghiacciante.

Tolfa e Preziosi rimasero immobili, persi nel silenzio della grande stanza in cui la temperatura sembrava all'improvviso scesa sotto zero.

Fu il ministro a prendere la parola, rivolgendosi ai suoi due interlocutori con una punta d'isterismo.

«Leonardo Capriotti era mio amico personale e compagno di partito. È inutile che vi dica cosa sta accadendo in queste ore. Il presidente del Consiglio e il Capo dello Stato vogliono da me delle risposte, così come i media e l'opinione pubblica. Finora sono riuscito a non far trapelare la notizia che l'omicidio di Capriotti sia opera di un serial killer. Vi immaginate quali sarebbero le reazioni? La stampa, al momento, è convinta che il delitto sia legato alle problematiche della sua vita privata. E chissà che non sia davvero così. Dovreste dirmelo voi, cazzo. Allora, riusciamo a catturarlo questo mostro? Si o no?»

Tolfa sospirò.

Stava ancora cercando di metabolizzare il contenuto del filmato che aveva appena visto.

«Oltre al dottor Preziosi, ho coinvolto nelle indagini il vice commissario Claudia Del Re e i miei agenti migliori. Stiamo seguendo tutte le piste...»

«Vaffanculo commissario», sbottò Fineschi, «non mi rifili le stronzate che racconta ai giornalisti. Sentite. Io non avrò pace finché questo figlio di puttana non verrà arrestato e condannato per quello che ha fatto. Da questo momento voglio essere informato di ogni singolo sviluppo. Consideratemi parte attiva delle indagini. È tutto.»

Preziosi per l'intera durata dell'incontro era rimasto in silenzio.

Mentre usciva insieme a Tolfa dalla stanza del ministro pensò che la vera lotta, come sempre accade nella caccia agli assassini seriali, era diventata quella contro il tempo.

36

Chiuso nella sua scatola di cemento, lontano dal mondo, *Orco* scrutava la bacheca di sughero appesa alla parete.

Nell'aria vibravano gli archi, i corni e le trombe dell'Eroica di Beethoven.

Per un istante la sua mente si perse fra i contrasti degli elementi, i giochi armonici e il crescendo della sinfonia.

L'adorava anche per ciò che rappresentava.

Era infatti l'immortale autoritratto del grande compositore, con la sua forza e le sue debolezze, con le sue passioni, avvilimenti e capacità di reagire, con il suo temperamento ardente, la sua tenerezza, capacità di amare e bisogno di amore, con la convinzione di dover lottare, con la fede nella missione da compiere. Nella Terza Sinfonia, l'Eroica, si trovavano concentrati tutti i sentimenti, c'era tutta la gioia e la tristezza del vivere.

Il momento di evasione lasciò di nuovo il posto all'incombenza e alla responsabilità.

Non c'era spazio per le distrazioni.

Soprattutto non c'era più tempo.

La bacheca, davanti a lui, era piena di post-it colorati, appunti, fotografie e articoli di giornale attaccati con delle puntine da disegno.

Aveva estratto dal cervello la sua memoria per attaccarla alla parete. Non doveva frugare nella sua mente tormentata in cerca di dettagli immagazzinati negli angoli più remoti. Gli bastava guardare il muro per trovarli.

C'erano nomi, date, indirizzi, abitudini e spostamenti delle persone di cui doveva occuparsi.

Molte di quelle persone erano morte.

Sembrava il puzzle degli ultimi sette anni della sua vita, ricomposto attraverso una macabra sequenza di omicidi.

In alto, sulla sinistra, spiccava la foto di Elia Preziosi.

Era stata ritagliata dalla pagina di una rivista e sulla bacheca occupava una posizione a parte.

Orco la osservava spesso, soddisfatto del ruolo speciale che, nel suo disegno, aveva assegnato all'ex magistrato.

Lasciò che la musica proseguisse.

Non era vero che il destino fosse ineluttabile e che riducesse l'uomo a spettatore passivo dello scorrere del tempo.

Lui ne era l'esempio più fulgido.

Poteva porre riparo alle tante, troppe cose sbagliate.

Sapeva cosa doveva fare.

L'aveva già fatto e lo avrebbe fatto ancora.

Fino a quando sarebbe stato necessario.

37

L'auto di Tolfa si muoveva senza difficoltà nel traffico capitolino.

Seduto sul sedile del passeggero Elia era assorto nei suoi pensieri. Nel filmato che avevano visionato poche ore prima al Viminale *Orco* finalmente era apparso. Adesso un pool di consulenti tecnici si sarebbe sbizzarrito nel cercare qualche indizio per l'identificazione del mostro. L'analisi della forma del cranio, il timbro della voce, il colore degli occhi. Preziosi sapeva tuttavia che quel tipo di indagine non avrebbe portato a nulla, sebbene non potesse essere omessa.

Bisognava mettere in relazione gli omicidi, entrare nella psiche dell'assassino.

Sul sedile posteriore c'era Claudia Del Re, che stava rimproverando al telefono un agente della scientifica per aver repertato male alcuni oggetti di una scena del crimine.

Claudia era un'investigatrice formidabile e con il suo lavoro aveva risolto molti casi di omicidio.

La luce del tramonto cominciava riflettersi sui palazzi. Il cielo era di un azzurro così cupo che sembrava lavorato a mano e i colori erano quelli che solo il vento di Roma riusciva a regalare, quando arrivava a ripulire quel piccolo tratto di infinito che ognuno si illudeva di aver conquistato sopra di sé.

In circa venti minuti arrivarono a via dei Ghirari.

Una macchina dei carabinieri era parcheggiata al lato del marciapiede, protetta dalle transenne rosse e bianche che delimitavano l'area dove era stato ritrovato il deputato Capriotti.

Scesero dall'auto e una piccola flotta di giornalisti gli venne incontro, ma fu dribblata senza troppi convenevoli.

Alcuni sottufficiali erano radunati all'interno della zona transennata. Tolfa individuò subito il brigadiere Valenza, che conosceva sin da quando erano entrambi giovani inquirenti e assetati di giustizia. Tutti gli investigatori più alti in grado presenti sul posto, invece, riconobbero il capo della UACV.

La sorpresa fu generale.

Tolfa strinse la mano al suo vecchio amico.

«Ciao Andrea, è tutto okay. Loro sono con me. Ti presento il vice commissario Del Re e il dottor Preziosi, attualmente consulente dell'Unità.»

I tre si scambiarono una rapida occhiata di saluto.

«So che l'indagine su Capriotti è vostra», proseguì Tolfa, «ma ti chiedo il favore personale di rispondere a qualche mia domanda senza farmene a tua volta.»

Valenza sorrise.

«Per te questo e altro. Dimmi pure.»

«Qualcuno ha visto o sentito qualcosa? Fammi il quadro della situazione.»

«Dunque, i proprietari del capannone sono due fratelli che quella sera stavano lavorando fino a tarda ora. Hanno sentito dei rumori, sono usciti sul piazzale e hanno visto l'auto con un uomo che armeggiava nel bagagliaio. Dai controlli effettuati la Jaguar risulta intestata ad una società con sede in Lussemburgo, anche se abbiamo motivo di ritenere che fosse nella disponibilità del deputato. Hanno urlato verso l'uomo chiedendogli chi fosse, ma l'individuo si è dato alla fuga. Era buio, tuttavia entrambi affermano che indossasse una strana maschera di gomma. Lo hanno inseguito senza riuscire a raggiungerlo. Subito dopo hanno chiamato il 112. Zenchi e io eravamo nei paraggi e abbiamo ascoltato la segnalazione via radio dalla sala operativa. Anche se avevamo terminato il servizio, abbiamo deciso di intervenire sul posto. Siamo giunti in un minuto, precedendo l'arrivo della pattuglia.»

«E cosa avete visto? Era già morto quando lo avete trovato?»

Valenza scosse la testa e si voltò un istante verso i suoi colleghi per controllare che tutto fosse tranquillo.

«No. È uscito di corsa da quel cancello e si è diretto verso di noi. Era quasi completamente nudo e sembrava terrorizzato. Quando ci ha visti era talmente spaventato che stava per svenire. Lo abbiamo riconosciuto subito. Poi ha probabilmente avuto un attacco ischemico, almeno così ha detto il medico legale. Per essere più precisi bisognerà attendere l'esito dell'esame autoptico. È orribile, ma credo che Capriotti sia morto di paura.»

Elia nel frattempo si era allontanato di qualche passo e si stava guardandosi intorno come se la conversazione non lo interessasse. Tolfa, che lo conosceva bene, sapeva invece come non gli stesse sfuggendo nulla di ciò che Valenza stava raccontando.

«Potremmo dare un'occhiata alla macchina?», chiese Claudia.

«Certo, non c'è problema. Vi faccio strada», rispose Valenza.

Seguirono il brigadiere lungo il tratto di sterrata e quando arrivarono in fondo al viottolo scorsero la sagoma del capannone all'interno del piazzale. Un furgone del RIS era parcheggiato di fianco alla Jaguar di Capriotti. Il portabagagli era aperto e un carabiniere lo stava ispezionando con una torcia. Preziosi, Tolfa e Claudia si posizionarono alle sue spalle.

«Sono colleghi della scientifica, appuntato, tutto regolare. Trovato qualcosa?», chiese Valenza.

Il militare non ebbe nulla da obiettare e si fece da parte, permettendo ai nuovi arrivati di guardare ciò che stava vedendo lui.

«Finora nulla, signore. Qui dentro ci sono solo degli stracci che puzzano da far vomitare. Stiamo comunque repertando tutto. Vi cedo volentieri il posto.»

«D'accordo, grazie», disse Tolfa estraendo dalla tasca un paio di guanti in lattice. «Credo che questo compito spetti a lei, dottoressa Del Re.»

Claudia sorrise e ringraziò con un cenno del capo. Infilò i guanti e si fece consegnare la torcia dal carabiniere. Quindi aprì la portiera anteriore dell'auto e iniziò a ispezionarne l'interno.

Preziosi nel frattempo si rivolse al brigadiere Valenza.

«Capriotti ha detto qualcosa prima di morire?»

«Sì, ha bisbigliato alcune parole.»

Nella mente di Elia si accese una piccola speranza.

«Cosa ha detto?»

«Non lo so, sembrava una frase senza senso o forse non sono stato io a non capirne il significato.»

«Brigadiere, la prego. Mi dica ciò che ha sentito.»

«Prima di morire l'onorevole Capriotti ha detto qualcosa su una spada...»

Valenza fece una pausa che ad Elia sembrò eterna.

«...qualcosa su una spada e sul figlio di Dio.»

38

Claudia, facendo attenzione a non scottarsi, scolò la pasta e la mescolò nel sugo che attendeva in padella. La fece saltare a fuoco vivo finché l'acqua in eccesso non evaporò rendendo gli spaghetti di una consistenza perfetta. Quindi posò la padella, aggiunse il formaggio grattato e distribuì equamente la pasta nei due piatti che aveva sistemato sull'isola della cucina.

«Ecco qui, spaghetti all'Amatriciana.»

«Mmmh. Buoni»

«Sulla fiducia?»

Elia era seduto di fronte a Claudia.

La guardò per un istante negli occhi.

«Mi ricordo che la tua Amatriciana era sempre buona.»

Lei sorrise e fece un gesto di esagerato compiacimento.

«Promozione sul campo. Fantastico. Credo che riporterò questa affermazione nel mio annuncio per Cuori Solitari.»

Iniziarono a mangiare, fingendo di non essere imbarazzati per quella occasionale e ritrovata intimità.

«È carino qui.»

Claudia lo guardò come se lui la stesse prendendo in giro.

«No, dico sul serio.»

Al termine di quella pessima giornata Tolfa si era rifugiato nel calore della sua famiglia e Claudia, sapendo che Elia era da solo a Roma, lo aveva invitato a cena.

Lui si aspettava di trovare un appartamento dove l'ordine e la cura fossero abbastanza approssimativi. Nella sua immaginazione il carattere tenace e ostinato di Claudia non collimava certo con quello paziente e coscienzioso della donna di casa. Invece il piccolo ambiente, un open space, era arredato in modo delizioso e con un'attenzione ricercata per i dettagli.

Erano entrambi affamati e in pochi minuti finirono di mangiare gli spaghetti.

«Siediti», disse Claudia indicando il divano, «vuoi una birra?»

«Vada per la birra.»

Claudia si alzò, prese dal frigo una lattina di Ceres e la spinse sul bancone verso di lui.

Elia strappò la linguetta e bevve un lungo sorso. Poi si alzò e andò a sprofondare nella confortevole accoglienza del divano.

«Davvero, mi piace molto casa tua. Complimenti.»

«Il mio ex fidanzato era un architetto. Mi ha dato

una mano a scegliere i mobili e ad arredare l'appartamento.»

«Era?»

«Sì. Per lui è stato più difficile del previsto vivere con una poliziotta che, per lavoro, ogni giorno deve dare la caccia ai mostri. E francamente non mi sento di biasimarlo.»

«E tu, invece? Stai bene?»

«Il mio annuncio suona più o meno così. Brillante funzionaria della Polizia di Stato, laurea in giurisprudenza, giovane, single, non cerca nessuno.»

Seguì un attimo di silenzio e Claudia spostò subito il discorso sul binario professionale.

«Secondo te *Orco* vuole giudicare le persone. Inviare un messaggio. È come se la sua fosse una missione di rettitudine morale. Intende punire i peccatori. Oppure vendicarsi.»

«Sì», rispose Elia.

«Allora te lo devo domandare.»

«Che cosa?»

«Pensi voglia punire anche te?»

«Non lo so, davvero. Anche prima del tuo arrivo Tolfa ed io abbiamo cercato di risolvere questo enigma senza trovare nessuna risposta plausibile. Forse è a causa del lavoro di pubblico ministero che svolgevo prima di ritirarmi, ma per il momento, come sai, questa rimane solo un'ipotesi.»

«Mi riferivo a qualcos'altro.»

Lui si limitò a fissarla.

Claudia decise che doveva dire qualcosa prima che fosse troppo tardi.

«Non credi che abbia a che fare con noi due?»

Elia all'inizio non rispose.

Non fece niente, in verità.

Sembrava che non respirasse nemmeno.

Invece avrebbe dovuto dire qualcosa e Claudia si sentiva impazzire per la frustrazione. Che le concedesse qualcosa, diamine. Qualunque cosa.

«È stato tanto tempo fa», disse Elia con voce algida, mentre poggiava la lattina sopra il tavolino di cristallo davanti al divano.

«Quasi cinque anni.»

«E lo sappiamo solo tu ed io, giusto?»

«Certo.»

«Quindi non si tratta di quello.»

Bene, pensò Claudia. Problema risolto. Spazzati via tutti i sensi di colpa. In realtà si sentiva così stupida per aver affrontato il discorso.

Anche Elia ci aveva pensato.

Ciò che era accaduto con Claudia lo aveva segnato per molto tempo. Si era pentito e vergognato di aver fatto una cosa del genere, sia come uomo che come magistrato.

Cinque anni prima l'Unità per l'Analisi del Crimine Violento stava indagando sui delitti commessi da un maniaco che aveva ucciso e stuprato quattro bambini.

Claudia si occupava delle investigazioni e sapeva bene che, sulla base delle prove indiziarie raccolte, la procura avrebbe scelto se richiedere o meno al giudice la custodia cautelare in carcere nei confronti dell'unico sospettato.

Per questa ragione, prima di consegnare il fascicolo al pubblico ministero titolare delle indagini, aveva deciso di sottoporre ad Elia tutta la documentazione.

Lo faceva spesso. Era una prassi discutibile e assolutamente fuori dalle regole, ma lei considerava Preziosi il suo mentore e quel maniaco doveva essere fermato a tutti i costi. Non era concesso alcun margine di errore.

Per discutere di quel caso iniziarono a vedersi sempre più frequentemente, anche fuori dagli orari di lavoro.

All'epoca Silvia faceva già parte delle vita di Elia, ma in quei mesi se n'era allontanata. Anzi era stato lui, in perenne lotta con i suoi fantasmi, a chiederle di poter stare da solo per un po'.

Nel frattempo il rapporto professionale con Claudia era diventato più intenso e l'amicizia si era ben presto trasformata in attrazione, fisica e mentale.

Una sera avevano deciso di cenare insieme ad alcuni colleghi "Da Otello", la trattoria di via Muggia, vicino alla città giudiziaria di piazzale Clodio. Ufficialmente si sarebbe dovuto parlare di lavoro, di criminali e di processi. L'atmosfera, tuttavia, complice anche l'ottimo vino bianco consigliato da Otello in persona, era diventata subito conviviale. Verso mezzanotte la serata era volta al termine ed Elia si era offerto di riaccompagnare Claudia che in quel periodo viveva a casa della cugina, nel quartiere Trieste. Al momento di salutarsi, nella penombra del cortile interno dove si affacciava l'appartamento, lui le aveva preso le mani. I loro palmi si erano stretti. Un istante dopo le labbra di Elia scorrevano sul collo di Claudia. L'eccitazione era incontenibile. Le loro bocche si inseguivano vorticosamente, trasformando i respiri in gemiti di desiderio. I corpi avevano iniziato a muoversi in sincrono, strusciando l'uno contro l'altro come in un frenetico balletto. Le mani frugavano e toccavano, superando l'ostacolo dei vestiti. Poi lui l'aveva fatta voltare e l'aveva presa così, in piedi, da dietro, stringendola forte per i fianchi e con il viso di lei schiacciato sul muro. La passione si era tramutata in furia, rendendoli incuranti perfino del pericolo di poter essere visti da qualcuno.

Nei giorni che seguirono Elia ebbe modo di valutare le fonti di prova che Claudia aveva raccolto contro il pedofilo assassino.

Lei era sicura su chi fosse il colpevole e la ossessionava l'idea che quell'uomo potesse seviziare e uccidere ancora.

Il problema, tuttavia, emerse proprio con riguardo all'indizio più importante.

Sui corpi delle piccole vittime la scientifica aveva infatti rinvenuto delle tracce biologiche che in prima analisi risultavano compatibili con il dna del sospettato. Purtroppo, a causa di una grave disattenzione commessa dal biologo forense, i vetrini con i campioni erano stati contaminati nel corso di un test successivo. Questo, in pratica, rendeva inutilizzabile l'intera prova del dna. Quando Claudia ricevette la notizia andò fuori di testa. L'indagine era ormai irrimediabilmente compromessa e quel pervertito l'avrebbe fatta franca. Per intere settimane chiese ad Elia di aiutarla a trovare una soluzione. *Qualsiasi soluzione*. L'idea che uno stupratore di bambini potesse rimanere in libertà faceva ribrezzo anche ad Elia e alla fine lui e Claudia commisero un gravissimo errore.

Preziosi conosceva personalmente il biologo che aveva effettuato il test e sapeva come ciò che era accaduto potesse compromettere la sua carriera. Non fu particolarmente difficile convincerlo ad alterare i risultati delle analisi e certificare la compatibilità del dna al 99,9%.

Quando Claudia depositò il fascicolo in procura completo di quegli esami falsificati, il pubblico ministero richiese la custodia preventiva e il sospettato fu rinchiuso in carcere.

Dopo dieci giorni l'uomo venne ritrovato cadavere nella sua cella.

Si era impiccato con un lenzuolo. Prima di compiere il gesto estremo, aveva lasciato un biglietto con il quale chiedeva scusa alle famiglie dei bambini che aveva violentato e assassinato.

Elia e Claudia rimasero sconvolti.

Nessun sollievo gli procurò l'assoluta certezza che la persona che avevano spedito dietro le sbarre fosse colpevole di crimini orrendi.

Decisero di non vedersi più, interrompendo ogni rapporto e giurandosi il silenzio su quanto era accaduto.

Il biologo forense morì circa un anno dopo i fatti, stroncato da un tumore.

A quel punto nessun altro avrebbe potuto violare il loro segreto.

Negli anni successivi Elia aveva tentato di assolversi raccontando a se stesso che all'epoca non era lui. Era solo l'ectoplasma di un magistrato inquirente che viveva nell'illusione di poter allontanare i suoi demoni catturando i criminali.

Elia si ricompose.

Si rendeva perfettamente conto che avrebbe potuto perdersi nei ricordi. E questo non gli avrebbe giovato in alcun modo.

Ciò che era successo con Claudia apparteneva al passato e lì doveva rimanere segregato.

PARTE TERZA

Forse non esiste la giustizia,
ma solo diversi gradi di ingiustizia.
(Marty Rubin)

40

Preziosi superò i cancelli d'ingresso ed entrò nella sede della UACV. Fuori era un'incantevole mattinata.

Mentre camminava lungo i corridoi pensò che un tempo gli ambienti investigativi erano per lui dei luoghi familiari, spazi senza colore dove isolarsi dal resto del mondo e portare avanti il suo lavoro di magistrato.

Nella sua carriera, prima come avvocato penalista e poi come pubblico ministero, aveva commesso tanti sbagli. Ognuno di quegli errori, nelle lunghe notti che trascorreva insonne, bussava alla sua coscienza per chiedere il conto.

Molte persone consideravano Elia un grande uomo di legge, altre lo ritenevano addirittura un eroe. Nessuno, o quasi, conosceva però le sue zone d'ombra.

Imboccò la porta che portava al piano superiore e iniziò a salire le scale che portavano agli uffici.

Incrociò alcuni agenti del settore intelligence dell'Unità che fecero finta di non riconoscerlo. Percorse pochi metri e sbucò davanti alla stanza di Tolfa.

Salutò e scambiò una battuta con l'agente di guardia, un tipo scuro e ben piazzato, dal carattere probabilmente più ostinato che brillante.

Bussò alla porta ed entrò.

Ad attenderlo c'erano Tolfa e Claudia.

Guardandoli, Elia pensò che tutto sommato loro ce l'avevano fatta.

Osservavano la morte ogni giorno, sapevano che non esisteva persona al mondo che nelle giuste circostanze non potesse commettere un omicidio, studiavano la psiche degli assassini e le pieghe più controverse dell'essere umano; eppure erano riusciti a resistere. Lui no, invece. Il valoroso magistrato aveva abbandonato la toga per fuggire alla ricerca di una serenità che, forse, non avrebbe mai trovato in nessun luogo.

«Bene, ci siamo tutti», disse Tolfa. «Il ministro Fineschi ha fatto in modo che l'indagine sulla morte di Leonardo Capriotti passasse a noi. E questo è un bene, da un certo punto di vista.»

Subito dopo aprì il fascicolo che stava sulla sua scrivania.

«Il primo referto dell'autopsia conferma la causa della morte che il medico legale aveva anticipato sul luogo del ritrovamento. Il decesso è avvenuto per un'emorragia cerebrale provocata, con ogni probabilità, dallo stress estremo e dal terrore vissuti dalla vittima durante il sequestro. Ci sono poi alcune foto del luogo del delitto e le deposizioni dei proprietari del capannone e dei carabinieri che sono intervenuti.»

«Tracce biologiche o impronte sull'auto?», chiese Elia.

«Nessuna, per il momento. L'assassino indossava probabilmente dei guanti.»

«Insomma, non abbiamo niente in mano.»

«Già, ma non è una novità trattandosi di *Orco.*»

Poi intervenne Claudia.

«Ho parlato poco fa con i colleghi che hanno effettuato i rilievi antropometrici e la perizia fonica per filtrare e riconoscere la voce di *Orco* nell'ultimo video che ci ha inviato. Anche lì praticamente nulla. L'unico dato certo è che si tratta di un individuo di sesso maschile con un accento riconducibile al centro Italia.»

Tolfa sbuffò, richiuse il fascicolo e si appoggiò allo schienale della poltrona. Avrebbe dovuto scrivere una nota informativa per il ministro, ma ora non ne aveva voglia. Si alzò, attraversò la stanza e uscì sul pianerottolo dove c'era la macchina del caffè. Pigiò i pulsanti giusti e il bicchiere di plastica si riempì del liquido scuro e bollente.

Bevve il caffè e si avvicinò alla finestra del corridoio. In lontananza le automobili percorrevano le strade di quella primavera odorosa di vento mite e di foglie nuove. Quando l'inverno e il grigio sembravano ormai dominare le giornate, l'arrivo di quel trionfo di colori regalava ad ognuno una sensazione di rinascita.

Mise le mani in tasca e, nel bene o nel male, si sentì parte del mondo.

Un istante dopo Preziosi apparve al suo fianco. Claudia era rimasta un poco più indietro.

«Ricordi cosa ha detto il brigadiere Valenza a proposito delle parole pronunciate da Capriotti prima di morire?»

«Certo», rispose Tolfa, «ma non avevano alcun senso… si riferivano a una spada e al volto di Cristo.»

«Ci ho ragionato tutta la notte», disse Elia catturando l'attenzione di Claudia e di Tolfa. «Quelle parole potrebbero avere un significato ben preciso.»

41

Elia, Tolfa e Claudia erano fermi, in piedi, nel corridoio al primo piano della UACV.

Sembrava quasi che in quella postazione potessero ragionare meglio rispetto a quando erano chiusi nell'ufficio del direttore.

Elia cominciò a camminare, lentamente, come faceva spesso quando voleva manifestare il suo pensiero.

«Il brigadiere Valenza ha detto che le ultime parole di Capriotti si riferivano ad una spada e al volto di Cristo. Certo, potrebbero non significare nulla. Potrebbero essere solo le farneticazioni di un uomo agonizzante. Ma siamo ancora al punto di partenza, quindi non dobbiamo tralasciare nessuna ipotesi.»

Claudia e Tolfa gli camminavano di fianco, ascoltandolo con attenzione.

«Nell'iconografia cristiana, la spada ha un'accezione ben precisa. Innanzi tutto è la spada fiammeggiante dell'arcangelo Michele, che schiaccia Lucifero sotto i pedi, investito di tutto il potere di Dio. Ma l'autentico e più profondo significato è un altro. È quello che troviamo nell'Apocalisse dell'apostolo Giovanni, che raffigura il volto di Cristo proprio con una spada nella bocca, a rappresentare la difesa della verità e la punizione del male.»

Elia si fermò per un istante, come per inquadrare meglio il suo ragionamento.

Poi ricominciò a parlare e a camminare.

«*Dalla bocca gli usciva una spada affilata a doppio taglio e il suo volto somigliava al sole quando splende in tutta la sua forza*, così inizia il primo libro dell'Apocalisse. Metaforicamente, nelle sacre scritture, la spada è necessaria per vincere la menzogna e per fortificare il bene. Occorre infatti la spada della parola per smascherare le ingiustizie e le imposture, per far valere il proprio diritto, per rimproverare i facinorosi, per minacciare i prepotenti e i superbi, per controbattere alle ingiuste accuse, per mettere con le spalle al muro i delinquenti, per rivelare e sventare i piani criminosi, per far tacere i bestemmiatori. Non credo che Capriotti abbia pronunciato quelle parole a caso o in preda a vaneggiamenti pre-morte. Prima avevo il dubbio che *Orco* potesse essere un uomo che aveva subito delle ingiustizie. L'istinto adesso mi dice che quel dubbio potrebbe trasformarsi in certezza.»

42

Elia, Tolfa e Claudia erano sospesi nella zona grigia in cui si trova ogni investigatore quando intuisce che potrebbe verificarsi una svolta nelle indagini, ma ancora non riesce a focalizzare quale possa essere.

La ricerca sulle persone che Elia aveva fatto arrestare e che poi erano state giudicate innocenti si stava dimostrando improba. Quella teoria presentava inoltre troppe falle, pur costituendo un primo punto di partenza. *Orco,* infatti, avrebbe anche potuto essere un uomo condannato, ma che riteneva di aver subito un errore giudiziario.

Preziosi si alzò e si fermò davanti alla finestra dell'ufficio di Tolfa. Per lui e Claudia quella stanza alla UACV stava ormai diventando una seconda casa.

Il sole, adesso, era accompagnato da un vento forte. Nuvole e ombre si contendevano il cielo e la terra.

Elia pensò che quell'indagine avesse lo stesso destino annunciato di Roma: correre e rincorrere qualcosa senza in realtà riuscire mai ad afferrare nulla.

Bussarono e dalla porta si affacciò lo stesso agente che quella mattina Elia aveva annoverato tra le persone più ostinate che brillanti.

«Dottor Tolfa c'è un tizio dell'istituto di medicina legale. Dice che è abbastanza urgente.»

«Fallo passare, grazie.»

Quando si muore di morte violenta, a Roma, il cadavere viene portato all'istituto di medicina legale dell'università. Il pubblico ministero di turno nomina subito un proprio consulente affinché, come accertamento tecnico irripetibile, effettui con la sua equipe l'autopsia sul corpo della vittima. Questa attività richiede tempi spesso piuttosto lunghi e quindi, soprattutto se l'indagine è particolarmente delicata, le risultanze medico legali vengono comunicate agli inquirenti attraverso continui aggiornamenti.

«Buongiorno, mi chiamo Carlo Balducci. Sono l'assistente del professor Franchi, il patologo incaricato dalla Procura», disse l'uomo rivolgendosi a Tolfa. «Non so se possa esserle utile, direttore, ma in seguito a un ulteriore e approfondito esame sul cadavere dell'onorevole Capriotti abbiamo trovato qualcosa che non apparteneva alla vittima.»

Seguì un interminabile istante di silenzio.

«Di cosa si tratta?», strepitò Tolfa.

Il giovane medico legale aprì la cartellina e la consultò, quasi a volerne verificare il contenuto ancora una volta. Poi la richiuse e la consegnò a Tolfa.

«Un pelo», rispose Balducci con tono quasi accademico.

La zona grigia sembrò all'improvviso un po' meno nebulosa.

Non era mai stato repertato nulla di utile sui luoghi dei delitti commessi da *Orco*.

Adesso, per la prima volta, quel bastardo aveva forse commesso un passo falso.

«Cristo santo», esclamò Tolfa, «dobbiamo subito farlo analizzare e inserire i dati nel sistema informativo dell'Unità. Se appartiene a qualcuno che è già stato schedato...»

«Non è un pelo umano», lo interruppe Balducci, «l'abbiamo già esaminato con l'ausilio di un ricercatore specializzato e appartiene a... un ratto.»

43

Dietro piazza Trilussa, a un passo da Trastevere, si fronteggiavano due file di case vecchie e irregolari. Una fontanella di pietra, poco più avanti, gorgogliava giorno e notte acqua gelata.

Si dice che le grandi città non dormano mai, e forse è vero.

Passeggiando per le vie del centro *Orco* guardava le persone indaffarate, stanche, senza meta, illuse e superbe.

Camminava lentamente, tra vicoli e stradine, come avrebbe fatto un turista in un posto che non conosceva. Sentiva ostile la città solo perché lui era ostile nei suoi confronti. Osservava quel continuo inseguirsi di facce, talvolta felici e spesso malinconiche. Suoni, luci, storie.

Lui combatteva la sua guerra da solo, chiuso in una dimensione oscura che escludeva ogni speranza.

Sapeva che non c'era nessuna via di fuga. Non poteva fuggire da qualcosa che era nella sua stessa testa.

Non poteva sfuggire al suo passato, tantomeno al presente. I ricordi gli davano la caccia dal di dentro.

Nella sua testa si inseguivano le voci urlanti appartenute agli uomini e alle donne che aveva ucciso.

La mente era il suo posto segreto. Il luogo dove si rifugiava e dove i suoi peccati, necessari per il compimento della missione, venivano emendati.

Negli anni era stato versato tanto sangue. Sangue uscito dalle vene dei suoi calunniatori e sangue uscito dalle parole, che spesso feriscono le persone in modo più doloroso delle armi.

Una volta, pensava che nessun essere umano poteva arrogarsi il diritto di decidere le sorti di un proprio simile. Ma ora era diverso.

A quel pensiero, ogni volta, seguiva un'esplosione d'ira. *Orco* sentiva l'angoscia e la rabbia serrargli lo stomaco. Il rancore e l'odio avevano diffuso metastasi negli angoli più nascosti della sua anima. Tuttavia, il momento di collera durava poco. Così come poco mancava all'attuazione della sua vendetta finale.

Questo pensiero lo rasserenava. Il respiro, lentamente, ritornava ad essere normale. Il battito impetuoso del cuore si calmava. I pugni chiusi si schiudevano, lasciando che le mani si aprissero di nuovo. L'inquietudine a quel punto volava via, come una foglia trasportata sull'asfalto dalla tramontana.

44

«Il pelo di un topo?» esclamarono quasi all'unisono Claudia ed Elia.

«Proprio così. E per la precisione un mus musculus chinensis marrone dorato. Un esemplare di topo domestico abbastanza raro, non tanto per la specie quanto piuttosto per il colore del manto. Questi ratti, infatti, nel 99% dei casi nascono bianchi e con macchie nere. Nel referto abbiamo comunque annotato tutto. Qualora emergessero altre novità ve le comunicheremo immediatamente. Ora scusate, ma devo rientrare in istituto.»

Carlo Balducci salutò i presenti e se ne andò da dove era arrivato.

«State pensando quello che penso io?», chiese Preziosi, eccitato, cercando lo sguardo di Claudia e Tolfa.

Loro rimasero in silenzio, quasi come fossero spiazzati.

Elia smise di interessarsi alla passività dei suoi interlocutori e attivò dallo smartphone una ricerca on line.

«Mus musculus chinensis. E se *Orco* ne avesse in casa un esemplare?», domandò Elia, rivolgendosi più a se stesso che a Claudia e a Tolfa. «Il pelo potrebbe essergli finito addosso senza che lui se ne accorgesse e quando ha rapito Capriotti si è trasferito sul corpo della vittima.»

«Okay. Dove vuoi arrivare?», chiese Tolfa con un misto di curiosità e apprensione.

«Se è vero che quel colore del manto è così raro», proseguì Elia continuando a consultare la pagina web aperta sullo smartphone, «*Orco* potrebbe aver acquistato il topo in un negozio di animali, magari specializzato nella vendita di ratti domestici. Questa razza, vive al massimo tre anni. Dobbiamo trovare i negozianti che in questo arco di tempo hanno venduto esemplari di mus musculus chinensis marrone. Se la fortuna ci assiste e riusciamo a identificare non dico tutti, ma almeno alcuni degli acquirenti, potremo controllare chi tra loro ha avuto problemi con la giustizia. Lo so, sembra assurdo, ma potremmo iniziare a chiudere il cerchio.»

45

Claudia scese dall'auto proprio nel momento in cui il proprietario del negozio infilava la chiave nel massiccio lucchetto argentato della porta d'entrata. Era un uomo molto alto e dall'aria buffa, con un fisico magrolino e un'infinità di lunghi capelli biondi e lisci.

Finì di armeggiare con la serratura e aprì la porta. L'insegna in alto diceva IL RATTOSAURO: si trattava di un negozio di animali specializzato in esemplari rari. Perlopiù topi.

La porta non si era ancora richiusa completamente quando Claudia la riaprì ed entrò.

Era uno spazio claustrofobico, disordinato e pieno di minuscoli ratti che squittivano nervosamente.

«Non siamo ancora aperti», disse il proprietario con un tono leggermente scontroso.

Claudia gli si avvicinò.

«Non le dispiace se do un'occhiata in giro, vero?»

L'uomo apparve un po' interdetto, ma lei lo rassicurò con il suo miglior sorriso.

«Non ci vorrà molto», aggiunse. «Sto già facendo tardi al lavoro. Cercavo solo un regalo per mio padre, è un patito dei topolini.»

Il proprietario agitò una mano in aria e borbottò qualcosa tra sé e sé. Poi andò rapidamente dietro al bancone mettendosi ad armeggiare con alcune carte.

Claudia finse di curiosare qua e là, ma sapeva benissimo cosa doveva fare.

«Non vedo esemplari della razza che sto cercando», disse avvicinandosi al bancone.

Riluttante, l'uomo la guardò fissa negli occhi.

«E cosa sta cercando, signorina?»

«Un mus musculus chinensis.»

«Eccoli lì, scelga l'esemplare che preferisce», sbraitò il proprietario indicando una gabbia che si trovava alla destra di Claudia.

«Oh, no. Io ne voglio uno con il manto marrone dorato.»

«Non esistono in commercio di quel colore.»

«Ne è sicuro?»

L'uomo deglutì nervosamente e fece una strana smorfia con la bocca.

«Sicurissimo. I rari esemplari di quel colore sono il risultato di incroci e mutazioni genetiche. Metterli in vendita è contrario alla legge.»

Claudia divenne seria. Adesso non aveva più dipinto sul viso l'ammaliante sorriso con il quale si era presentata poco prima.

Estrasse il tesserino dalla tasca dei jeans e lo mostrò al proprietario.

«Se le dicessi che sono un funzionario della Polizia di Stato e che un pettirosso mi ha sussurrato all'orecchio come qui si commerciano illegalmente animali rari ed esotici?»

Al proprietario caddero di mano le carte.

Un minuto dopo il vice commissario Del Re era di nuovo a bordo della sua auto e stava sfrecciando verso casa.

46

Claudia, motivata da un insolito ottimismo, era convinta di trovarsi a un passo da *Orco*.

La teoria che aveva elaborato Elia forse l'aveva un po' suggestionata, ma per il momento quella era l'unica pista da seguire.

In tutto il Lazio un solo negozio trattava i rari esemplari di mus musculus chinensis con il manto marrone dorato.

Si trovava in provincia di Viterbo e Claudia aveva trovato il nome, IL RATTOSAURO, in una virtual community blindata.

Il gruppo di discussione era dedicato al commercio dei roditori e grazie ad alcuni segreti imparati in tanti anni di indagini, era stato abbastanza semplice entrare a farvi parte.

La domanda adesso era: chi aveva acquistato un mus musculus chinensis negli ultimi anni?

Il proprietario del negozio, pur di non avere grane con la Polizia, aveva riferito a Claudia come alcuni mesi prima ne avesse venduti due esemplari ad un uomo di cui ricordava i connotati solo in modo approssimativo e che però aveva pagato con il bancomat. Il proprietario avrebbe fatto risultare che i ratti acquistati erano di altra specie, quindi non c'era alcun problema al pagamento con la carta di debito. Il proprietario, tuttavia, non aveva conservato alcuna ricevuta.

Era sabato, le banche erano chiuse e per avere qualche dato in più sarebbe stato necessario attendere il lunedì.

Claudia non poteva aspettare.

Un suo collega specializzato in crimini informatici, l'ispettore della Polizia Postale Giovanni Bonetti, era piuttosto bravo a curiosare in tutti gli archivi elettronici e, principalmente, negli estratti conto degli italiani. Quasi sempre, le persone si potevano giudicare dai beni che acquistavano e questo si rivelava un ottimo strumento di indagine, soprattutto se bisognava stilare il profilo di qualcuno.

Prese il cellulare e compose il numero.

«Ciao Bonetti», esordì lei.

«Il commissario Del Re, quale onore!», rispose l'ispettore un po' su di giri.

«Vice commissario, per il momento. E sempre che non mi degradino.»

«Sei la migliore, oltre che la più bella. Cosa ti serve?», domandò Bonetti.

«Sto per darti il nominativo di una ditta individuale, è un negozio di animali.»

«E io sto per infrangere la legge, immagino», concluse Bonetti. «Dimmi pure.»

Claudia gli diede nome e indirizzo.

Udì il rumore delle dita che picchiettavano sulla tastiera e pensò come quell'uomo trascorresse gran parte della sua vita davanti al computer. In pochi minuti risalirono a tutti coloro che negli ultimi sei mesi avevano fatto acquisti al RATTOSAURO tramite bancomat.

«Immagino non sia soltanto questo ciò che devi chiedermi, vero?» chiese l'ispettore.

«Se non ti spiace vorrei che controllassi chi fra queste persone ha avuto o ha in corso pendenze giudiziarie.»

Ancora il velocissimo ticchettio della tastiera.

«Ecco qui. Ho trovato due donne e un uomo.»

«L'uomo», esclamò Claudia, perentoria.

«Va bene. Ti serve l'indirizzo? Posso anche spedirti via email la foto apposta sul documento d'identità, se vuoi.»

«Sarebbe meraviglioso», rispose lei.

Claudia annotò i dati e lo ringraziò prima che lui potesse chiederle di andare a cena fuori. Agli inizi della carriera aveva commesso la leggerezza di trascorrere un po' di tempo con lui, nella convinzione che un mago del computer sarebbe stato un buon alleato. In questo aveva ragione. Bonetti tuttavia sembrava non aver colto come l'interesse di Claudia nei suoi confronti non andasse oltre l'aspetto professionale. Da allora il loro rapporto era stato un lungo e spesso imbarazzante minuetto.

Ne era comunque valsa la pena.

Adesso doveva avvisare Elia e Tolfa per comunicare anche a loro quel nome e quell'indirizzo: Riccardo Magenta. Via Delle Arselle, 47.

47

Dagli accertamenti svolti presso il sistema informatico centrale era emerso come Riccardo Magenta fosse un architetto romano di cinquant'anni. La foto sulla carta d'identità era quella di una persona con una fisionomia del viso del tutto anonima.

L'uomo aveva riportato un solo precedente penale, risalente al 2006, per il reato di violazione degli obblighi di assistenza familiare. Elementi, questi, che non dicevano nulla né a Claudia né a Tolfa.

Inoltre, da un controllo effettuato presso l'archivio del tribunale penale, era emerso come non fosse stato Elia a sostenere la pubblica accusa nel processo.

Insomma era solo un uomo. Un uomo come gli altri. Ciò che distingueva un assassino era celato in luoghi che nessuno poteva vedere. Gli involucri erano intercambiabili. Finché da essi non fossero emersi i demoni nel cuore della notte, nessuno avrebbe potuto identificarli.

Claudia guidava alla massima velocità consentita dal traffico. Elia era seduto alla sua destra e per quanto cercasse di mostrarsi disinvolto ed indifferente, non riusciva a impedirsi, ogni tanto, di girare lo sguardo verso di lei e osservare il suo profilo disegnato dalla luce. Non era molto cambiata e, se lo aveva fatto, era stato in meglio. Più matura, più sicura, più donna. Ancora una volta il suo istinto di fuggitivo lo fece guardare da un'altra parte. Loro due erano forse stati qualcosa, un tempo. Ma ora, in fondo, erano solo due sconosciuti che collaboravano ad un caso.

Il cielo era tornato azzurro.

Fuori dai finestrini scorrevano le immagini di una bella giornata di primavera.

Pensionati che passeggiavano sotto il sole portando al guinzaglio cani in cerca di piante e aiuole. Mamme con bambini troppo piccoli per andare a scuola e adolescenti che invece la scuola l'avevano marinata.

Svoltarono a destra e costeggiarono un parco ombreggiato da vigorosi alberi di magnolia.

Al centro del prato, un mimo truccato da sfinge attendeva immobile che qualcuno gettasse una moneta nel cappello che aveva a terra davanti a lui per poi gratificarlo con un saluto della mano.

Claudia percepì che Elia era irrequieto.

«Che succede?», gli domandò.

«Non è meglio se pensi a guidare, ora?», rispose lui, mentre si teneva aggrappato con la mano al sostegno sopra il finestrino.

«Riesco a guidare e ad ascoltare nello stesso tempo.»

L'impegno alla guida, in quel momento, era un semplice fatto animale, una questione di gesti abituali, di nervi e di riflessi.

Elia parve rassegnarsi a sostenere quella prova e cercò di essere il più sintetico possibile.

«C'è qualcosa che non torna. È tutto troppo semplice. Fino ad oggi mai un'impronta digitale, mai una traccia di dna, mai un residuo di fluidi corporei. Adesso invece...»

«Stiamo facendo solo un tentativo», lo interruppe Tolfa, seduto sul sedile posteriore e che fino a quel momento era rimasto in silenzio. «Sai bene che, a dispetto di quanto si possa vedere nei film o leggere nei romanzi, i criminali sono generalmente piuttosto prevedibili e nella maggior parte dei casi commettono diversi errori, anche grossolani.»

«È vero. In effetti Magenta potrebbe corrispondere a questo tipo di profilo. Dalla condanna che ha riportato possiamo dedurre che avesse una vita familiare problematica, era divorziato e quando interrogheremo l'ex moglie forse ne sapremo di più. Ho letto tutti i verbali nei faldoni degli omicidi attribuiti a *Orco* e la vittimologia, almeno in parte, potrebbe far pensare a un padre ferito o un marito tradito. Però questo assassino è sempre stato più intelligente e accorto rispetto alla norma», rilanciò Elia, pensieroso.

«In ogni indagine complessa bisogna procedere scartando le singole ipotesi investigative, una dopo l'altra. Dopo tanti anni, finalmente, grazie a te abbiamo qualcosa», concluse Tolfa, «chissà, magari stavolta il bastardo ha fatto una cazzata. Sono ottimista, per me potrebbe essere il nostro uomo.»

«Anche per me», aggiunse Claudia.

Da quel momento in poi quella era la pista da seguire con tutti i mezzi che avevano a disposizione.

In effetti, era l'unica speranza a cui aggrapparsi per il momento e Preziosi lo sapeva bene. Non era ancora riuscito a spiegarsi il perché di quegli omicidi seriali, ma l'idea che i delitti fossero collegati alla vita familiare di Magenta prendeva sempre più piede. Quella denuncia per violazione degli obblighi di assistenza doveva nascondere altri precedenti, altri passi falsi che nessuno però aveva riscontrato.

Via Delle Arselle era una piccola strada, un po' fuori mano, dove non c'erano molte case indipendenti.

Al civico 47 trovarono una villetta mono familiare, tinteggiata di giallo e con un gran bisogno di una nuova mano di vernice. Davanti non c'erano auto parcheggiate. Nessuna luce all'interno.

Scesero dall'auto di Claudia e si appostarono vicino alla recinzione in ferro battuto che delimitava la proprietà.

Suonarono il campanello senza ricevere risposta.

Elia si accorse che il cancello era aperto.

«Io entro», disse varcando l'ingresso.

Dopo una prima esitazione, Claudia e Tolfa decisero di seguirlo.

Elia attraversò rapido il prato brullo, abbassandosi prima di arrivare alle finestre del seminterrato, sul fianco della casa.

Tolfa e Claudia, invece, fecero il giro dalla parte opposta.

Elia si mise in ascolto.

Nessun rumore, solo il normale brusio delle macchine che passavano in lontananza.

Le finestre del seminterrato avevano degli infissi piuttosto resistenti, ma con un calcio riuscì a spalancarne una.

Adesso era dentro.

La prima sensazione fu di un ambiente ostile, tetro, inquietante.

Al centro della stanza c'era una poltrona di velluto rosso posizionata di fronte alla parete su cui era fissato un enorme televisore al plasma. Non trapelava nulla, tuttavia, che potesse far pensare a una presenza.

Elia salì i gradini del seminterrato e percorse un piccolo vestibolo. La penombra e la possibilità che *Orco* vivesse in quella casa gli procurarono un brivido lungo la schiena. Sbucò nel soggiorno, dove c'erano un tavolo di legno e due sedie.

Il dozzinale arredamento di una casa decadente, nella quale era chiaro che vivesse un uomo da solo. Un tavolo di legno con una sedia, pochi quadri scadenti appesi alle pareti, un tappeto che aveva conosciuto tempi migliori e una bacheca in sughero con le puntine attaccate, ma nessun promemoria appeso.

Davanti a lui, sulla sinistra, la cucina con un frigorifero maleodorante, qualche piatto di un vecchio pasto nell'acquaio e un pacco di sale sul ripiano. Alle sue spalle, dietro la sporgenza di un muro, l'accesso alle scale che portavano al piano superiore.

Sulla destra c'era un'altra stanza, forse lo studio, con una libreria a muro piena di tomi polverosi.

Elia gettò un occhio alle coste dei volumi, meravigliandosi di trovarli perfettamente in ordine. Un libro, tuttavia, sporgeva di qualche centimetro e attirò la sua attenzione. Era un saggio scritto da un criminologo sulla storia dei delitti italiani rimasti irrisolti.

Elia soffiò via la polvere dalla copertina, poi aprì il libro e notò che alcune pagine avevano un angolo ripiegato.

Ciò che vide gli fece saltare un battito del cuore.

Ad ognuna di quelle pagine corrispondeva la stringata descrizione di un omicidio che la UACV aveva attribuito a *Orco*.

Non poteva essere una coincidenza.

Era davvero quella, allora, la casa del mostro? Quel maniaco assassino aveva dunque commesso un errore?

Elia continuò a perlustrare la casa.

Aprì la porta di quello che sembrava uno sgabuzzino. Accese la luce e notò come nella stanza ci fosse soltanto una vecchia macchina per cucire e un tavolo la lavoro.

Camere da letto, bagni, ripostigli: niente. Nessuna traccia di vita o di inquilini.

Poi tornò nel soggiorno.

Notò che sul tavolo c'era un oggetto.

Prima, evidentemente, doveva essergli sfuggito.

Avanzò di qualche passo e l'afferrò con la mano: era una piccola scatola di cartone rosso.

L'aprì.

In quel preciso momento ebbe la sensazione di essere solo un piccolo ingranaggio all'interno di qualcosa che era molto più grande di lui.

48

All'interno della scatola c'erano un carica batterie e un telefono cellulare. Sul display dell'apparecchio qualcuno aveva attaccato un post-it con su scritto "accendimi".

Se quella messa in scena era davvero opera di *Orco*, perché stavolta si era esposto così tanto? A che scopo? Cosa stava accadendo?

Collegò il cavo ad una presa sul muro e pigiò il tasto di accensione.

In quell'istante entrarono nella stanza anche Tolfa e Claudia, accompagnati da due agenti in divisa. Sicuramente era stato Tolfa a richiederne l'intervento.

Il display si illuminò.

Prima che Claudia e Tolfa potessero parlare, il telefono iniziò a squillare.

Il chiamante risultava anonimo.

«È lui», disse Elia, quasi pietrificato.

«Lui, chi?», chiese Claudia, concitata.

«È *Orco*.»

Tutti i presenti rimasero immobili.

Elia attivò la comunicazione, inserendo il viva voce.

«Bravi… bravi… bravi…», disse con tono beffardo la persona dall'altra parte dell'apparecchio.

Elia, Tolfa e Claudia riconobbero la voce dell'uomo con la maschera che avevano visto nel filmato recapitato via mail al ministro Fineschi.

«Finalmente ci conosciamo, seppur in modo virtuale. Vi starete domandando molte cose, immagino. Prima fra tutte come sia possibile la curiosa dinamica di questa telefonata. Se alzate gli occhi, signori, noterete come in un angolo del soffitto, alla vostra destra, ci sia una piccola telecamera incassata nel muro. Ebbene sì, io vi sto guardando. Pietro Tolfa, integerrimo direttore della UACV. Claudia Del Re, una delle menti migliori tra i ranghi della Polizia di Stato. Infine il dottor Elia Preziosi, chi non lo conosce? L'uomo di legge che ha messo a rischio la sua vita per servire la giustizia. Dietro di voi intravedo anche un paio di soldatini in divisa.»

Tolfa sbatté con violenza il pugno sul tavolo e il rumore sordo rimbalzò sulle pareti della stanza.

Orco stava ancora prendendosi gioco di loro.

Avrebbe voluto urlare, correre, trovare un qualsiasi altro indizio, anche piccolissimo, che potesse portarlo a catturare quello psicopatico.

«Sappiamo chi sei, Magenta. Ormai è finita. Non

puoi continuare a nasconderti», disse Elia, mentre Tolfa con un gesto rotatorio della mano lo invitava a continuare a parlare. Claudia nel frattempo si era subito messa in contatto con la Questura.

«Ne siete certi?», domandò, sibilante, l'uomo che per tanti anni l'UACV aveva chiamato *Orco* e che adesso invece aveva un nome e un cognome.

La voce aveva perso il suo tono basso e sarcastico per diventare leggermente stridula.

«Non mi troverete mai, così come non riuscirete a rintracciare questa telefonata. Credete di avere qualche merito nella vostra indagine? Davvero pensate di potermi arrestare? Siete degli illusi. La mia casa è in tanti posti e in nessun posto. Sappiate che voi siete lì soltanto perché io l'ho voluto. Ma ci sarà un tempo per tutto, anche per le spiegazioni. Adesso avrete un compito ben preciso. Fate ciò che vi dico e forse, ribadisco forse, non passerete il resto della vostra vita a dire o pensare che avreste potuto fare di più. Trovate un computer connesso alla rete. La nostra ultima conversazione sta per iniziare.»

«Ascolta, razza di figlio di…»

Ma la linea cadde.

Pochi secondi dopo apparve un messaggio sul display.

Conteneva un indirizzo IP e due parole: sedici ore.

49

Claudia allungò una mano verso la radio e portò la frequenza su quella abituale della sala operativa.

«Sono il vice commissario Del Re. Bisogna inviare al più presto una pattuglia in via Delle Arselle, 47. Richiedo anche l'ausilio della scientifica. Sul posto ci sono già due agenti informati dei fatti.»

Accese il lampeggiante e aumentò la velocità, schiacciando l'acceleratore a tavoletta.

Si erano appena lasciati alle spalle la casa di Riccardo Magenta e la macchina procedeva con tutta la rapidità che il suo motore le permetteva.

Lei, Elia e Tolfa continuavano a porsi la stessa domanda: cosa sarebbe accaduto alla scadenza delle sedici ore?

In breve tempo arrivarono alla sede della UACV, trovando una squadra di tecnici informatici pronti ad attaccare quell'indirizzo IP su tutti i fronti.

Tolfa rimase meravigliato dall'efficienza dei suoi uomini.

Nella sala operativa era stato allestito un gigantesco schermo a cristalli liquidi con un pannello di controllo all'avanguardia, collegato al computer centrale mediante la connessione più criptata che fossero riusciti a organizzare.

«L'ultimatum di Magenta scadrà domani mattina alle dieci», disse Tolfa rivolgendosi a Elia e Claudia. «La squadra lavorerà ininterrottamente, ma voi due andate a casa e dormite qualche ora. È un ordine.»

50

Elia si gettò sul letto senza neppure togliersi la giacca.

La situazione era difficile e incerta, ma una cosa cominciava ad essere chiara. In quel periodo della sua vita qualcosa era finito e qualcos'altro stava per iniziare. E lui avrebbe fatto tutto ciò che era in suo potere affinché fosse qualcosa di giusto e importante.

Prese dalla tasca lo smartphone e chiamò Silvia.

Parlarono soltanto per alcuni minuti ma, come sempre, la voce di lei riuscì a rasserenarlo.

Poi lasciò cadere il telefono sul materasso e chiuse gli occhi, cercando di focalizzare un qualsiasi indizio che potesse portare alla cattura di Riccardo Magenta.

Sino a quel momento tutti gli omicidi sembravano motivati da un movente irrazionale, conosciuto solo dalla mente dell'assassino.

Era una caratteristica dei serial killers che in genere uccidono persone estremamente eterogenee per età, classe sociale, sesso.

La giustificazione preferita da questi assassini era, in genere, quella di udire delle voci che ordinano di commettere gli omicidi.

Elia ripensò a Joseph Callinger, il quale sosteneva che una testa decapitata di nome "Charlie" gli ordinasse di uccidere ragazzi, mutilandone i genitali. Ma *Orco* non era quel tipo di assassino. Lui aveva una grande lucidità e una forte personalità. Qual era quindi il legame che intercorreva fra le vittime? Una giornalista, un sacerdote, una pediatra, un'assistente sociale, una psicologa, il direttore di una casa famiglia e un deputato.

Se le vittime fossero state solo simboliche, il loro rapporto con Magenta poteva anche essere inesistente. Avrebbero potuto rappresentare soltanto il capro espiatorio sul quale indirizzare la sua rabbia e la sua aggressività o forse diventare il tramite figurativo e inconsapevole del suo messaggio.

Le vittime esercitavano professioni diverse, che però avevano in comune una sorta di pubblica utilità.

Magenta, pensava Elia, doveva avere un conto in sospeso con le istituzioni ed era quella la direzione da seguire. Ormai ne era quasi certo.

Forse da bambino era stato rinchiuso in una casa famiglia, dove aveva subito abusi e maltrattamenti. O forse l'ingiustizia e le vessazioni erano state patite in età adulta. Tolfa e i suoi uomini, durante quella notte, stavano sicuramente già indagando in questo senso. In ogni caso la condotta di Magenta rappresentava la reazione verso qualcosa che lo aveva profondamente ferito e reso incapace di tollerare la frustrazione o la sconfitta.

L'assenza del movente sessuale e il fatto che le uccisioni avvenissero di volta in volta in modo differente, senza una firma identificabile, rendevano però quasi impossibile delineare un profilo più approfondito. Ma ogni omicidio doveva avere un movente, a volte noto alla vittima, altre solo all'assassino.

Al sorgere dell'alba, quando il sole aveva ormai spento le luci dei lampioni, Elia si era alzato e si era fatto una doccia.

Mancavano poco più di quattro ore alla scadenza dell'ultimatum. Adesso ogni traccia di stanchezza per la notte insonne era stata cancellata. Mentre il getto d'acqua calda gli accarezzava la schiena, capì che il segreto era cercare.

La cosa più difficile, tuttavia, non era chi. Non era come. Era il posto. E quasi sempre era più vicino di quanto si potesse immaginare.

Chiuse il rubinetto, si avvolse nell'accappatoio e si diresse verso lo studio. Accese il computer portatile e attivò la connessione a Internet tramite una chiavetta. Inserì su tutti i motori di ricerca i nominativi delle sette vittime e li incrociò più volte con il nome di Riccardo Magenta.

Nulla. Nessuna corrispondenza.

Il segreto era cercare.

Provò ancora, con tutte le variabili che gli venivano in mente.

D'un tratto i suoi occhi rimasero puntati sull'ultima pagina web che aveva aperto.

Scattò in piedi, facendo ribaltare la poltrona dietro di lui.

Le probabilità che fosse solo una coincidenza dovevano essere astronomiche. La possibilità era all'improvviso come un serpente che si insinuava nella sua immaginazione, freddo e viscido, entrando nei recessi più reconditi delle sue paure più ataviche.

Si portò le mani sulle tempie, che iniziarono a pulsare convulsamente.

Gli faceva male la testa. Un gigantesco senso di pressione cominciò a spingere verso l'esterno, come se il cranio fosse diventato troppo piccolo per il cervello. Gli premeva dietro gli occhi e alla base del collo.

Ora tutto sembrava avere un senso.

Si precipitò in camera da letto e afferrò il telefono.

Un istante prima che potesse comporre il numero di Tolfa lo smartphone iniziò a squillare.

Notò sul display come il chiamante fosse *anonimo.*

Esitò alcuni secondi prima di rispondere.

«Pronto?»

«Buongiorno, Preziosi.»

La voce dall'altra parte dell'apparecchio giunse con sfumature cupe e minacciose.

«Sono Riccardo Magenta.»

51

Alle dieci in punto un'immagine video riempì la schermata del browser sullo schermo allestito nella sala operativa della UACV.

La ripresa era un po' mossa, e proveniva da una webcam.

All'inizio non si vedeva altro che una parete bianca, luci che si spostavano, qualche distorsione digitale.

«Notizie di Elia?» chiese Tolfa, preoccupato, lanciando un'occhiata a Claudia.

«Nessuna. Ha il cellulare spento e a casa sua sembra che non ci sia nessuno.»

L'inquadratura traballò ancora di più, poi fece una carrellata in alto e in basso.

Un istante dopo, come un fantasma, apparve sullo schermo la figura di *Orco*.

«Ditemi qualcosa», sbraitò Tolfa rivolgendosi agli esperti di informatica sparsi per l'ufficio.

«Ci stiamo lavorando, signore», rispose il più anziano fra loro. «È un indirizzo IP insolito che sembra condurre ad un provider fittizio che assorbe la banda di una decina di altri providers.»

L'immagine sullo schermo divenne nitida.

L'uomo era seduto, inquadrato dalla vita in su.

La blusa nera contrastava con il bianco del muro alle sue spalle.

«Questa non mi serve più», disse togliendosi la maschera con una mano.

In quel momento tutti nella sala poterono guardare il volto scoperto di Riccardo Magenta.

I lineamenti del viso erano rilassati. Gli occhi erano piccoli e azzurri, quasi inespressivi. A vederli non sembravano neppure minacciosi. La testa era ossuta e rasata, la fronte spaziosa e il naso piuttosto pronunciato.

Il mostro aveva le fattezze di una persona mite.

Tolfa e Claudia lo scrutarono in profondità, chiedendosi da dove scaturisse l'odio che per tanti anni l'aveva spinto a uccidere.

52

L'immagine di Riccardo Magenta riempiva lo schermo.

Tutti i presenti attendevano che accadesse qualcosa e continuavano a chiedersi, nello stesso tempo, che fine avesse fatto Preziosi.

Orco stava per giocare la sua partita finale.

«Ci sono tante cose di cui dobbiamo parlare, tutti noi» disse il mostro infrangendo il silenzio assurdo e irreale che saturava la stanza.

Claudia fissava Magenta, come se lui, in quel momento, potesse vederla. D'altra parte quello non era di sicuro un uomo a cui piaceva recitare davanti ad un pubblico immaginario.

Colui che fino a poco tempo prima era l'uomo più ricercato dalla UACV alzò testa di scatto e guardò dritto verso l'obiettivo.

Tolfa, con gli occhi puntati sul grande monitor, posò una mano sulla spalla dell'agente che si trovava di fianco a lui e che stava registrando il segnale della webcam.

«Ancora niente?», chiese a bassa voce.

«No, signore. Non riusciamo a triangolare l'indirizzo IP», fu la risposta del tecnico.

Il killer sembrava sicuro di sé.

Erano tutti in attesa e Magenta iniziò la sua requisitoria.

«Comincerò dalla maschera. Molti pensano che sia una semplice copertura, un drappo che si distende sul volto per celarlo. Quasi come se la maschera fosse più legata alla superficie che alla profondità. Niente di più sbagliato. Ciò che vive in superficie, infatti, nasconde ciò che dimora nelle profondità. Ogni uomo ha bisogno di una maschera, per nascondere alla luce la sua vera essenza e per poterla poi manifestare al mondo visibile. Solo attraverso le maschere agiamo nel mondo. Ed io ormai non sono che questo, un uomo senza volto.»

Fece una piccola pausa, come se dovesse prepararsi ad affrontare un lungo e doloroso percorso.

«Voi siete i rappresentanti della legge, gli uomini di Stato che dovrebbero tutelare i singoli individui contro ogni abuso di potere. Ebbene, io non riconosco più da tempo la vostra legge e la vostra autorità. Da quando vi ho fatto sapere chi sono, perché io sono stato a farvelo scoprire, immagino che avrete fatto ogni tipo di ricerca su di me. Saprete allora che conducevo una vita serena, amavo la mia famiglia e il mio lavoro. Fin quando quella puttana di mia moglie mi ha portato via tutto. Mio figlio, il mio onore, i miei soldi. Ma dubito che ve ne importi qualcosa, nessuno di voi ha mai capito il significato del mio operare. Siete e rimarrete degli stolti incapaci.»

Ora il suo tono di voce era diverso, più nervoso.

«Quando mia moglie mi lasciò, la nostra fu una separazione, come dire, piuttosto movimentata. Raccontò sul mio conto tante menzogne davanti al giudice. Arrivò a dire che avevo molestato sessualmente il nostro bambino di appena cinque anni. Il mio non fu un processo, ma una caccia alle streghe che ha distrutto la mia vita. La troia supportò quell'accusa infamante e calunniosa con l'ausilio della consulenza di un medico, un pediatra di gran fama. Vediamo un po' chi di voi riesce a indovinarne il nome?»

Magenta ridacchiò sommessamente. La sua era una risata cupa, che usciva fuori ogni volta che esternava le sue emozioni. Era riuscito a mantenere per anni un altissimo livello di controllo e adesso che il viaggio era quasi terminato, sembrava quasi che il suo corpo volesse liberarsi.

«La dottoressa Santini», mormorò Tolfa.

Il mostro continuò.

«L'accusa di violenza sessuale su mio figlio cadde, ma ci vollero anni e chiunque mi conoscesse pensava ormai che fossi un pedofilo. La dottoressa Santini, luminare della pediatria, aveva invece messo nero su bianco che il bambino presentava tracce di abusi e che questi abusi erano opera del padre. Fino all'archiviazione della notizia di reato mi venne impedito di vedere mio figlio. Lui e mia moglie nel frattempo si trasferirono in una comunità protetta, senza che io potessi più vederli. Dove eravate voi, tutori della legge, mentre le televisioni, quei cronisti del cazzo e l'opinione pubblica intera gettavano tonnellate di letame sulla mia persona?»

Le mascelle di Riccardo Magenta si contrassero dalla rabbia, i lineamenti del suo volto vennero pervasi da un odio purissimo, distillato dal tempo con cura meticolosa.

«Venni sottoposto a diverse perizie psicologiche e alla fine venne stilato un provvedimento che riteneva come io non fossi adatto a fare il padre. Fu detto che ero un paranoico, una persona instabile. La firma apposta in calce a quel documento infame era di Rosa Lancetti. Vi dice nulla? Cominciate a delineare il quadro della situazione? Penso di sì, a meno che non siate dei dementi totali.»

Tolfa e Claudia si guardarono per un istante. Entrambi pensavano la stessa cosa. L'intuizione che aveva avuto Preziosi era esatta e adesso tutto quel sangue versato iniziava ad avere un significato preciso, seppur perverso.

Ma dove diavolo era Elia?

Come mai non era neppure raggiungibile al telefono?

Nella stanza i tecnici continuavano febbrilmente a lavorare nel tentativo di risalire all'indirizzo IP.

Magenta gratificò i suoi spettatori di un'espressione condiscendente.

«Uno dopo l'altro li ho eliminati tutti. Certo, non è stato semplice trovarli, ma allora non avevo fretta e potevo dedicarmi al mio lavoro con maggior cura. La prima fu quella giornalista. Aveva scritto cose orribili sul mio conto, probabilmente imbeccata da mia moglie. Avrebbe potuto farmi una telefonata, ascoltare anche la mia versione dei fatti. Ma no, era più comodo sbattere il mostro in prima pagina. Mi è solo dispiaciuto che la sua bambina abbia dovuto assistere allo spettacolo. Prima di allora non avevo mai ucciso, fu un'esperienza straordinaria. Eccitante. Rimasi chiuso quasi due giorni nella botola di quell'ascensore. All'epoca ero giovane e più forte, oggi per me sarebbe una performance impossibile. Poi toccò al prete storpio, che si rifiutò di darmi la comunione perché ero divorziato e perché, a suo dire, non mi ero pentito dei miei peccati. Cercavo conforto, non il perdono per qualcosa che non avevo commesso. Non era degno di continuare a diffondere la parola del Signore. Fu poi il turno del gestore della casa famiglia, che mi trattò come un pericoloso criminale e non mi consentì mai di parlare con mio figlio. Glielo chiesi tante volte, con gentilezza. Mi sarebbero bastati pochi minuti, solo il tempo di spiegare al bambino che le cose erano diverse da come le raccontava la mamma. Ma lui negò sempre ogni incontro. E i miei diritti di padre? Fui costretto, infine, a uccidere anche l'assistente sociale. La ricordo bene, era una donna anziana che aveva il terrore dei topi. Mi aveva raccontato di questa sua paura durante uno dei nostri colloqui. Fu lei a scrivere la relazione in cui affermava che, se un domani avessi rivisto mio figlio, avrei dovuto farlo sotto la sua supervisione e il suo controllo. Un affronto ingiusto e ignobile.»

Smise di parlare, si alzò e uscì dall'inquadratura.

Alcuni secondi dopo riapparve e tornò a sedersi tenendo fra le mani un topolino dal manto dorato.

«Si chiama Cocò, appartiene a lui il pelo che vi ho fatto ritrovare. Non è un esserino adorabile?»

53

Mentre accarezzava il piccolo roditore, Magenta alzò la testa verso il soffitto e fece un lungo respiro, come se dovesse procurare ai suoi polmoni una maggiore quantità d'aria per proseguire il racconto.

«Mia moglie sparì insieme a mio figlio. Ancora oggi non ho idea di dove siano. Tutti i miei beni li avevo intestati a lei, nella certezza che il nostro matrimonio sarebbe durato per sempre. Quella maledetta ha venduto tutto. Finché mi è stato possibile le ho anche versato l'assegno di mantenimento e quando ho smesso sono stato condannato per violazione degli obblighi di assistenza familiare. Inconcepibile. Oltre al danno, la beffa.»

Dagli occhi di Magenta scendevano adesso lacrime di rabbia e di dolore.

«Non ho mai toccato mio figlio e l'ho sempre amato. Non so perché mia moglie mi abbia fatto questo, forse si era innamorata di un altro uomo.»

La voce scese di tono e divenne carica di amarezza. Per un momento Tolfa e Claudia provarono compassione verso quell'uomo che aveva sacrificato ogni presente e ogni futuro per un passato che nessuna rivalsa sarebbe riuscito a cancellare.

«Da allora sono stato costretto a vivere nella ricerca di una giustizia che voi, uomini di legge, mi avete negato. Ho dovuto punire i veri colpevoli. E la punizione è stata adeguata al crimine commesso. Se lo Stato non protegge i propri cittadini onesti e per bene, se non li tutela dalla sopraffazione e dalla prevaricazione, allora vuol dire che l'intero sistema è marcio. È tutto così macchinoso, burocratizzato, fallace. Sono disgustato. Per questo avevo deciso di uccidere anche il deputato Capriotti. Dopo molti vani tentativi, riuscii a ottenere un appuntamento con lui. Ricordo che era estate, faceva molto caldo. Capriotti era il promotore di una proposta legislativa finalizzata all'inasprimento delle pene per chi commetteva reati della stessa specie di quello per cui ero stato condannato. Gli raccontai la mia storia, suggerendo maggiore cautela e cercando di sensibilizzarlo su come dietro a un illecito penale non si nasconda sempre un criminale. Gli feci anche vedere il tatuaggio che mi ero appena fatto, spiegandogli il vero significato dell'evocazione della spada sulle labbra di Cristo. Mi rise in faccia, disse che ero pazzo e mi fece accompagnare alla porta dal suo guardaspalle. Anche per lui c'è stata la giusta punizione.»

Magenta serrò gli occhi, il viso si contrasse come per una smorfia di dolore.

Subito dopo parve entrare in un momento di tranche.

«Ogni persona che ho mandato all'inferno, lo meritava. Quando ho compreso quale fosse la mia missione negli anni che mi rimanevano in questo mondo, ho anche scoperto come uccidere possa essere molto piacevole ed eccitante. Osservare gli occhi imploranti delle vittime, ascoltare le loro richieste di clemenza, sentire i gemiti e i singhiozzi per il terrore più assoluto, quello di una morte dolorosa. Nella mia sciagura, tuttavia, ho anche provato del divertimento, come prendermi gioco di voi, stupidi e inetti soldatini. È stato entusiasmante fare un po' di pulizia.»

Detto questo, troncò la connessione internet.

54

«Che cazzo succede», gridò Tolfa, mentre i tecnici informatici cercavano di risolvere il problema.

«Lo abbiamo perso», disse un agente chino sulla tastiera.

«Allora ritrovatelo. In fretta.»

Claudia, nel frattempo, era sconvolta per quello che Magenta aveva confessato. Nella sua mente si rincorrevano decine di interrogativi.

Ogni investigatore che si occupava di omicidi seriali provava una sorta di sana invidia per i colleghi che perseguivano crimini comuni. Uomini e donne che uccidevano per avidità di denaro, per gelosia, per caso. Follie che duravano un attimo e non per sempre.

Il farneticante scopo degli omicidi di *Orco* era dunque il castigo, la punizione, la rivincita. Tutte quelle persone erano state uccise per vendetta, alla ricerca di una folle e sanguinaria rivalsa verso un sistema dal quale si sentiva ingiustamente vessato e che lo aveva privato dei suoi affetti.

Dal racconto farneticante che avevano ascoltato, sembrava tutto più chiaro. Rimaneva solo da capire perché *Orco* voleva Elia nelle indagini.

Dopo pochi secondi venne ristabilita la connessione e sullo schermo tornò l'immagine.

Questa volta il primo piano di Magenta era molto stretto. La webcam era stata tolta dal treppiede e non riprendeva altro che il suo viso.

«Vedete, signori, non ho più tempo. Le vostre inutili analisi da profiler avranno chiarito quella che definite l'evoluzione dell'assassino, il cambiamento del suo strano modus operandi. Balle. Non c'è stata nessuna evoluzione, sciocchi e presuntuosi paladini di una giustizia inesistente. Ho il cancro, tutto qui. Mi rimangono al massimo sei mesi di vita e ho scelto di non sottopormi alle cure chemioterapiche proprio per avere la forza di portare a termine il mio compito. Finalmente quel momento è arrivato. Mi chiamerete mostro, ma siete stati voi a crearmi. La guerra è finita. E voi avete perso.»

Per un attimo sembrò che l'immagine di Magenta potesse fuoriuscire dallo schermo.

Cadde di nuovo la linea.

Questa volta trascorsero cinque interminabili minuti prima che si riattivasse la connessione.

Adesso l'inquadratura riprendeva un ambiente domestico.

La webcam iniziò a stringere sui dettagli.

Il divano, la libreria, i quadri alle pareti...

Poi il campo visivo si allargò nuovamente e nel grande schermo a cristalli liquidi apparve un'immagine che lasciò tutti sconcertati.

C'era una donna seduta sul pavimento.

I vestiti strappati, pallida e imbavagliata.

Accanto a lei, sulla destra, una figura maschile.

La donna, indifesa e tremante, era Silvia.

L'uomo, inginocchiato e immobile come una statua, era Elia Preziosi.

55

«Cristo santo. È in Sardegna. Quel figlio di puttana è nella casa di Elia in Sardegna», urlò Tolfa.

La consapevolezza di doversi attivare cozzò per un attimo con l'incertezza di come farlo.

Allora afferrò il telefono, chiamò la questura di Oristano e ordinò che all'indirizzo di Preziosi venisse inviata l'unità di assalto dei Nocs, il gruppo speciale della Polizia di Stato addestrato per portare a termine le operazioni ad alto rischio.

Guardò ancora lo schermo.

Una parte di lui sapeva che erano solo immagini, ma l'altra parte del suo cervello, quella istintiva, avrebbe voluto infilare la mano dentro il video e agguantare Magenta per farlo a pezzi.

Il mostro riportò l'inquadratura su se stesso.

Lo spettacolo in diretta audio video poteva andare avanti.

«Sei soltanto un piccolo uomo, Elia» esordì Magenta, «la pedina di una partita della quale non puoi comprendere le regole.»

«E tu sei una persona disturbata», lo incalzò Preziosi. «Non fu soltanto la povera giornalista che hai ucciso a scrivere della tua vicenda giudiziaria.»

«Ah, no?» chiese Magenta, incuriosito e un poco sorpreso.

«Ho trovato un altro articolo, un breve trafiletto di redazione, senza firma, pubblicato su un quotidiano locale free press. Nell'ultima riga era riportato anche il nome del legale della tua ex moglie. Non poteva essere un caso che quell'avvocato fosse Silvia. Allora, finalmente, ho capito.»

«Sei ancora lontano dalla verità, Preziosi» sbraitò Magenta, contrariato.

Elia sospirò.

«Allora spiegamela tu, la verità. Ho fatto esattamente come hai chiesto. Sono venuto con il primo aereo, solo, disarmato e senza avvisare nessuno. Adesso, però, fai anche tu qualcosa per me. Lascia andare Silvia, prendi me.»

Magenta scoppiò in una fragorosa risata.

«Non hai capito un bel niente. D'altra parte non sei mai stato bravo come dicevano. Ti ho messo alla prova, ti ho dato gli indizi, ma tu e gli altri non siete riusciti a salvare quelle persone. Vi siete macchiati del loro sangue, avete fallito. E non cercare di guadagnare tempo. Ho fatto bene i miei calcoli, come sempre. Tu sei venuto da solo e anche ipotizzando la migliore efficienza dei reparti operativi, che immagino saranno già stati allertati dai nostri amici di Roma, nessuna pattuglia sarà qui prima di quindici minuti. E in un quarto d'ora ne possono succedere di cose.»

«Tu sei completamente pazzo. Non avvicinarti a lei, non provare a toccarla…»

«Oppure?», lo interruppe Magenta. «Che farai? Mi ucciderai? Non credo che la tua posizione ti consenta di dare ordini.»

Terminata la frase, il mostro spinse sulla tempia di Silvia la canna corta del fucile da caccia calibro 12 che teneva in pugno.

«Adesso veniamo a noi, Elia Preziosi. Non hai ancora compreso perché ho voluto che fossi tu a occuparti di me? Non sopravvalutarti, non sei l'eroe che in tanti credono. Direi piuttosto che sei un vigliacco che continua a fuggire da se stesso e dai suoi errori. Non hai mai rappresentato il mio fine, ma solo il mio mezzo. A conferma di ciò che penso di te, mediocre investigatore ed emblema di un potere corrotto, sei caduto nel tranello senza risolvere in tempo l'enigma più importante. È rimasta soltanto lei a dover scontare la pena e a espiare il suo peccato. L'avvocatessa che ha dato contezza giuridica al piano diabolico della mia ex moglie. Quando ho scoperto che era la tua donna, non potevo crederci. Non avrei potuto immaginare un finale migliore. Eliminare lei, prendendomi gioco di te, l'uomo considerato da molti senza macchia e senza paura della Repubblica Italiana. Il fatto che tu, adesso, sia qui, di persona, conclude il mio piano in modo perfetto.»

Elia lanciò un grido dal profondo dell'anima.

«Forza, dolcezza», disse Magenta. «Dà l'ultimo saluto al tuo intrepido fidanzato.»

Le tolse il bavaglio dalla bocca e Silvia iniziò a muovere la testa a destra e a sinistra, come se cercasse qualcosa sulla quale focalizzare lo sguardo.

Era sotto shock.

Poi puntò gli occhi su Elia.

Prima che Silvia potesse dire qualcosa, fu Preziosi a parlare.

«Amore mio, andrà tutto bene. Ti salverò.»

«So che lo farai», disse lei, stremata.

56

Silvia ed Elia sentirono di non essere mai stati così vicini.

Alcune lacrime iniziarono a scorrere sugli zigomi di Silvia, per poi scendere sulle guance e infine svanire tra le labbra.

Elia strinse i pugni così forte che le unghie gli penetrarono nella carne.

La rabbia doveva pur scaricarsi da qualche parte.

Silvia era tutta la sua vita.

Lei aveva ridato senso alla sua esistenza. Adesso invece si trovava nelle mani di un feroce assassino. E lui non era stato in grado di proteggerla. Quello della moglie di Magenta era stato uno dei tantissimi processi per separazione giudiziale che Silvia aveva patrocinato prima di ritirarsi a vita privata. Con ogni probabilità lei neanche ne aveva più memoria. Elia credeva di impazzire. Sarebbe bastato arrivare alla soluzione poco prima e forse avrebbe potuto neutralizzare Magenta. Sentiva le viscere bruciare, come se potessero esplodere da un momento all'altro. Fremeva dalla voglia di ammazzare quello psicopatico e la razionalità riusciva a stento a trattenerlo. Erano successe troppe cose e tutte insieme. Stava cercando di mettere il suo cervello in condizione di poterle gestire, per cercare di fare la cosa giusta. O per fare qualcosa, qualsiasi cosa. Per quanto cercasse di concentrarsi, la sua mente restava inoperosa. Vuota e allo stesso tempo stracarica di incubi e terribili possibilità. Gli appariva tutto così assurdo e poi confuso. Sarebbe potuto rimanere in quella situazione per l'eternità.

Elia sentì che stava per avere un attacco di panico. Gli sembrò di sprofondare nel buio e per alcuni secondi i suoi polmoni smisero di pompare un'adeguata quantità d'aria. Ma non aveva importanza. Respirare non era importante. Avrebbe respirato più tardi. Doveva solo riprendersi e mantenere la calma.

Ma Riccardo Magenta non aveva più voglia di parlare.

La videoripresa si spostò nuovamente su Silvia mentre Tolfa, Claudia e gli agenti della UACV continuavano ad assistere alla scena da quattrocento chilometri di distanza.

L'inquadratura oscillò un poco, prima che la webcam fosse riposizionata sul treppiede.

Magenta adesso si trovava alle spalle di Silvia e le stava puntando alla nuca il fucile calibro 12.

«Non farlo, ti prego. Non farlo...» implorò Elia,

con la voce rotta dal pianto.

«Giustizia, fede, speranza, carità. Non esiste più nulla di tutto questo. La mia sofferenza ha avuto lo scopo di liberare gli uomini dai loro peccati e di riportare sulla Terra le virtù degli Angeli.»

Il suo viso ora era contratto, quasi deformato.

Preziosi capì che il mostro non si sarebbe fermato.

Dal pavimento su cui era inginocchiato si lanciò in avanti, riuscendo ad afferrarlo per le gambe.

Magenta perse l'equilibrio e i due uomini si ritrovarono avvinghiati a terra. Rotolarono sul pavimento dandosi gomitate, ginocchiate e pugni.

La lotta era furibonda e l'assassino colpì violentemente Elia al volto con il calcio del fucile.

La sua vista si oscurò.

La rottura dello zigomo gli creò subito un grosso ematoma sotto l'occhio destro.

Magenta guadagnò la posizione superiore, gli conficcò il pollice nella frattura e quel poco che Elia riusciva a vedere si fece totalmente buio.

Con tutta la forza che aveva, contorse i fianchi sotto il peso di Magenta e ribaltò le posizioni, ma l'assassino, che non aveva mai lasciato la presa sul fucile, lo colpì nuovamente al volto con il calcio dell'arma e gli fece perdere i sensi.

Quando rinvenne e ritrovò la lucidità, Preziosi vide Magenta in piedi che afferrava la testa di Silvia, spingendola in avanti.

Riuscì a guardare, per l'ultima volta, gli occhi dell'unica donna che avesse amato nella sua vita.

Il mostro premette il grilletto.

Un boato echeggiò per tutta la stanza e la mente di Elia fu stordita dall'orrore.

Magenta sparò altri tre colpi, tutti alla nuca, senza pietà.

Finché la testa di Silvia non si separò dal resto del corpo.

Tutti gli agenti che in quel momento si trovavano nella sala operativa della UACV, a Roma, rimasero pietrificati.

Silvia una volta aveva fatto un sogno.

Era una delle prime volte che parlava in pubblico, durante un convegno di avvocati, ed era un po' impacciata.

La sua relazione non aveva avuto grande successo e lei, compunta, era uscita dalla sala stringendo al petto la sua cartellina.

Un uomo l'aveva seguita con lo sguardo per poi fermarla fuori dalla sala e dirle, semplicemente, "Sei stata brava".

Lei gli aveva sorriso e nel breve spazio di quell'incontro si erano innamorati.

E il sogno non finiva mai.

57

Arrivando da est il pilota fece compiere all'elicottero un'ampia virata prima di iniziare la discesa.

L'ispettore Tancredi, uno dei migliori agenti dei Nocs, era seduto sul sedile del passeggero. Guardava in basso, concentrato, osservando il pezzo di costa percorso dall'ombra dell'elicottero.

La voce del pilota lo riscosse dai suoi pensieri.

«Atterriamo, ispettore?»

Tancredi si voltò verso il sovrintendente seduto ai comandi e fece un cenno affermativo con la testa.

L'A109 Nexus della Polizia di Stato si appoggiò al suolo con un leggero dondolio.

La tensione era altissima, come in ogni operazione dell'unità speciale.

Tancredi aprì il portello e scese, seguito dagli altri quattro agenti della squadra.

Richiuse controllando bene la serratura e con il gesto del pollice alzato diede l'okay al pilota.

Gli ordini erano stati scarni, ma precisi: neutralizzare Riccardo Magenta, pericoloso assassino e sicuramente armato.

Percorsero circa cinquanta metri prima di raggiungere la casa.

Tancredi si mosse sul lato opposto della strada per esaminare la costruzione a due piani.

Da fuori sembrava deserta, nulla dall'interno che potesse dar segno di una presenza.

Lasciò la facciata principale e, accompagnato da un agente, andò a controllare il retro. La parte posteriore era bordata da un muro di cinta e le cime degli alberi, che dal basso salivano a superarne la sommità, delimitavano il grande giardino.

Scavalcò il muro e tramite gli auricolari ricetrasmittenti diede ordine al resto dell'unità di prepararsi all'irruzione.

In pochi secondi tutti i componenti della squadra furono nel giardino.

Tancredi si guardò in giro, esaminando quello che c'era intorno.

Davanti al cancello dell'ingresso principale c'era un bull dog riverso a terra. Vide che il cane respirava ancora, probabilmente Magenta l'aveva narcotizzato.

Dall'altra parte del giardino, invece, dietro un ampio gazebo, c'era il riflesso di una vetrata.

Gli agenti si mossero con cautela sul terreno soffice in quella direzione.

Si accedeva nell'abitazione attraverso una portafinestra.

Nella luce incerta, i vetri lasciavano intravedere all'interno un movimento di sagome scure.

L'ispettore e i suoi uomini controllarono l'equipaggiamento e uno di loro si preparò a utilizzare il flashbang, l'ordigno a effetto abbagliante e assordante.

Tancredi, con estrema delicatezza, iniziò a far scorrere la portafinestra.

Fu allora che sentirono l'esplosione di quattro colpi d'arma da fuoco.

Fecero irruzione.

Una volta entrati in casa, ciò che videro i Nocs fu raccapricciante.

La vittima era stata decapitata e la testa si trovava accanto al corpo.

L'assassino era in piedi, con in mano un fucile da caccia.

Un altro uomo, inginocchiato, stringeva a sé il cadavere della donna, immerso in una pozza di sangue.

Sopra un tavolo, poco più avanti, c'era un computer e una videocamera poggiata su un treppiede.

L'assassino si voltò verso gli agenti, senza provare alcun timore per le cinque mitragliatrici MP7 che aveva puntate contro.

«Siete arrivati troppo tardi», disse, sarcastico, con un'alzata di spalle. «La missione è terminata. Non la vostra, ovviamente. La mia.»

Con un rapido gesto si puntò la pistola al petto.

Fece fuoco.

Era strano. Non fu con le orecchie che sentì il rumore del cuore che si squarciava, ma dentro il cervello.

In quegli ultimi istanti di agonia, avrebbe voluto pronunciare ancora le sue ultime invettive, ma ciò che ne uscì fu solo il verso strozzato di un animale.

Riccardo Magenta ebbe solo il tempo di provare un dolore immenso, una frazione di secondo prima di morire.

58

La macchina abbandonò la strada principale e dopo una breve discesa si fermò in prossimità di un'imponente scogliera a picco sul mare.

Tolfa era alla guida e Claudia gli era seduta di fianco.

Rimasero un istante a osservare quella fetta meravigliosa di macchia mediterranea, un territorio incontaminato che sembrava sospeso nel tempo.

Poco più in là, in piedi, c'era Elia.

Sotto l'occhio destro portava ancora i segni della colluttazione con Magenta.

Accanto a lui, immobile, Desdemona vegliava sulla sofferenza dell'unico padrone che le era rimasto.

Il funerale di Silvia era stato un miscuglio confuso di abiti neri, corone di fiori e terra smossa. Aleggiava denso, nell'aria, il profumo dell'estate ormai alle porte.

C'erano anche i genitori di Silvia, arrivati da Milano. Elia non ebbe il coraggio di guardarli in faccia.

Oltre a Tolfa e a Claudia, erano sbarcati in Sardegna anche una buona parte degli uomini della UACV, da quello che Elia era riuscito a vedere. Non riusciva a tenere il conto né a prestare attenzione. Il sacerdote aveva parlato di salvezza e di speranza, ma Elia non ascoltava. I farmaci avevano cominciato a fare effetto, tuttavia non potevano cancellare il dolore. Aveva perso tutto ciò a cui teneva. E tornare indietro non era possibile.

Terminata la messa, il corteo funebre si era diretto al cimitero che si trovava a un centinaio di metri dalla chiesa. Silvia, avevano pensato i genitori, avrebbe voluto riposare lì, sull'isola.

Dopo la tumulazione e le tante manifestazioni di cordoglio, Elia aveva scelto di allontanarsi insieme al cane per andare a perdersi tra ginepri centenari, uccelli marini e ginestre piegate dal vento.

Tolfa si voltò verso Claudia.

«Ti aspetto qui, ma fai presto. Dobbiamo riportare l'auto alla questura di Oristano e fra tre ore abbiamo l'aereo per Roma.»

Tolfa aveva capito che Claudia avrebbe preferito rimanere da sola con Elia.

Aprì lo sportello e scese dall'auto.

Mentre si avvicinava, Desdemona sentì la sua presenza e girò il muso verso di lei. Le corse incontro e iniziò a farle le feste con quel suo buffo modo di scodinzolare.

«Ciao, Elia.»

«Ciao, Claudia.»

Lei indicò con un cenno della testa il mare sconfinato che si stendeva davanti a loro.

«È bellissimo, qui.»

«Già. Credo che la Costa Verde sia uno dei posti più belli del mondo.»

«E tu come stai?»

Elia abbassò lo sguardo, senza riuscire a nascondere nei suoi occhi la presenza giornaliera delle lacrime.

«Sto.»

Era ormai passata una settimana dall'orribile morte di Silvia e dalla sconvolgente chiusura dell'indagine su *Orco*.

«Che farai adesso?»

«Non lo so. Forse partirò per un po'. Non posso più restare in quella casa dopo ciò che è successo e non ho neppure voglia di tornare a Roma.»

Elia si accorse che Tolfa, dal finestrino aperto dell'auto parcheggiata poco lontano, lo stava salutando con la mano. Rispose allo stesso modo, sentendo un nodo di tenerezza per colui che ormai considerava un amico.

«Teniamoci in contatto e chiamami per qualsiasi cosa», gli disse Claudia, poggiando con dolcezza la testa sulla sua spalla e sentendo il suo cuore battere.

Rimasero un istante in silenzio.

Poi Claudia sorrise, fece un'ultima carezza a Desdemona e si avviò verso la macchina.

Mentre la guardava allontanarsi, Elia pensò a quanto tempo sarebbe trascorso prima che l'avrebbe vista di nuovo.

EPILOGO

Kumasi, Ghana, Africa occidentale.

Elia si sveglia e apre gli occhi.

È la prima volta che dorme per quattro ore di fila.

La luce filtra dai bordi della tenda che copre la finestra.

In questa stanza non è mai veramente buio.

Scende dal letto.

A piedi scalzi raggiunge il soggiorno, apre la porta finestra ed esce sul terrazzo.

Oggi il tempo è sereno e nel cielo c'è più blu di quanto un uomo possa concepire.

Un vento caldo e leggero gli accarezza il viso.

Torna in camera da letto, indossa dei pantaloni di lino e un paio di scarpe comode.

Ormai sono sei mesi che vive in Africa.

Una vita semplice.

Desdemona lo sta già aspettando davanti alla porta di casa. Anche lei è pronta per affrontare la giornata.

È felice, pur sopportando con fatica il caldo di questa regione.

Escono.

Kumasi è una città che al mattino si sveglia molto lentamente.

Le costruzioni coloniali intorno al mercato, le insegne dipinte a mano con uno stile "urban art", il treno che attraversa il mercato sostando talvolta nel bel mezzo, i fedeli che si recano in chiesa con l'abito della domenica.

Nel calendario degli Ashanti alcune giornate sono chiamate Akwasidae e corrispondono all'inizio del mese secondo il calendario tradizionale. Oggi è una di quelle giornate. Stasera è stato invitato alla cerimonia presieduta dal re e dai suoi dignitari con costumi, musica e danze tribali, offerte di doni da parte dei cortigiani.

Cammina, adattandosi ai ritmi di questa città che talvolta sembra irreale.

In pochi minuti raggiunge gli uffici che da circa un anno la Projects Abroad Human Righs ha aperto anche a Kumasi.

Adesso lavora qui, come volontario.

Si occupa di diritti umani, fornendo assistenza e supporto legale a chi ne ha bisogno.

C'è tanto da fare.

Nel Ghana spesso le vittime non sono consapevoli dei propri diritti. La conoscenza e la consapevolezza incoraggiano il rispetto della legge e l'accesso alla giustizia.

Il suo compito è anche quello di monitorare le comunità, individuare eventuali abusi, identificare le persone coinvolte, definire gli interventi e le strategie per il cambiamento.

In molte parti dell'Africa il diritto non esiste.

La legge è rappresentata dai capi villaggi e dalle istituzioni religiose.

Le persone, qui, vogliono sapere.

Sta organizzando una campagna di sensibilizzazione nelle scuole dove parlerà di schiavitù, sfruttamento sessuale dei bambini e diritto all'istruzione.

È un lavoro molto impegnativo e si sente gratificato, anche se a volte ha l'impressione di lottare contro i mulini a vento.

Mentre riordina la scrivania si avvicina Hasani, un ragazzone di due metri e dal fisico atletico che ogni tanto gli procura qualche giornale dall'Italia.

Ancora non ha capito bene come faccia a rimediarli.

Lo saluta e gli lascia una copia de "La Repubblica" di due giorni prima.

Ogni volta prende in mano il quotidiano, guarda i titoli della prima pagina, ma poi lo butta da una parte. Non ha più voglia di sapere quello che accade nel suo Paese. Quello che amava ora non c'è più e non vale la pena sapere molto altro.

Infila alcune carte nella borsa.

C’è una classe di venti bambini che lo attende.

Esce e si dirige a piedi in direzione della scuola.

Desdemona, al suo fianco, si muove un poco svogliata, come sempre.

Sono pochi i bull dog che vivono in questo continente e per la strada i bambini rimangono spesso a osservarla, come se guardassero una creatura extraterrestre.

Prima di cominciare la lezione, prende dalla tasca lo smartphone e apre la cartella delle fotografie.

C’è ancora Silvia, con la toga e la smorfia deliziosa nel giorno del giuramento da avvocato.

La foto successiva è un’altra delle sue preferite: uno scatto in bianco e nero in cui lei, teneramente, gli invia un bacio soffiando tra le dita.

E allora, per un attimo, riesce ancora a sentire la sua presenza.

Forse un giorno cammineranno di nuovo insieme, abbracciati, diretti verso un luogo colmo di pace e serenità.

RINGRAZIAMENTI

La fine di un romanzo è come la fine di un lungo viaggio, dove i ringraziamenti per i compagni d'avventura sono un piacere prima ancora che un dovere.

Grazie, di cuore, a:

Luca Badiali, che mi è stato vicino quando altri si allontanavano.

Sara Ruffinelli, che riesce ad essere, al di là dell'immaginabile, più brava che bella.

Antonella Montesanti, *reader & runner* davvero infaticabile.

Patrizia Seghezzi, prestigiosa e autorevole thrillerista.

Maria Grazia Besnati, madrina affettuosa di ogni mio libro.

Gianfranco Guccia, perito balistico leggendario e consulente tecnico dell'autorità giudiziaria.

Carmine Treanni, "fantascientifico" direttore editoriale della CentoAutori.

Patrizio J. Macci, uomo dalla cultura smisurata e dalle provvidenziali citazioni.

Augusto Ferrola, l'unico personaggio di questo romanzo che, per mia fortuna, esiste anche nella realtà.

Marina Angelo, che mi vuole bene anche se la faccio disperare.

Lo staff delle mie collaboratrici: Gaia Luvera, Claudia Rossetti, Ginevra Conti, Ilaria Nobile e l'inossidabile Emanuela Santarelli. Senza di loro non potrei fare nulla di ciò che faccio.

Un grazie speciale, infine, va alle mie donne Giulia, Camilla e Lucrezia, che sono la cosa più bella che la vita potesse regalarmi.

INDICE

Segui Edizioni Cento Autori per scoprire tutte le novità su:

Sito web: www.centoautori.it

Finito di stampare nel mese di marzo 2017
per conto delle Edizioni Cento Autori
dalla Tipografia Printi srl – Avellino
Printed in Italy